侠客的日常

张佳玮 著

上海文艺出版社

目 录

序　生活在武侠世界中　　　　　　　　　　　　　1

第一辑　际遇

萧峰：孤独的英雄　　　　　　　　　　　　　　3
杨过：风雨如晦，心有所感　　　　　　　　　　14
郭靖与江南七怪　　　　　　　　　　　　　　　23
张无忌：天降调停者　　　　　　　　　　　　　35
《鹿鼎记》与韦小宝　　　　　　　　　　　　　48
鸠摩智的执着　　　　　　　　　　　　　　　　61
李文秀：偏偏不喜欢　　　　　　　　　　　　　68
令狐冲、林平之与狄云：主角光环的有和无　　　75
慕容复的结局　　　　　　　　　　　　　　　　87
武当死神俞莲舟　　　　　　　　　　　　　　　92

第二辑 侠情

令狐冲与任盈盈：大盈若冲，其用不穷　　　　　　101
"我偏要勉强"和"倘若我问心有愧呢"　　　　　　111
一见钟情与绵延长久　　　　　　　　　　　　　　120
郭靖与襄阳　　　　　　　　　　　　　　　　　　131
黄药师与郭靖：丈人与女婿　　　　　　　　　　　140
黄药师的白眼与令狐冲的《笑傲江湖》　　　　　　146
阿紫与游坦之：爱情、控制欲与弱肉强食　　　　　152
张无忌被赵敏"我偏要勉强"之后　　　　　　　　159
郭芙看对眼就嫁了，郭襄她独自走天涯　　　　　　165

第三辑 群像

侠客的日常　　　　　　　　　　　　　　　　　　175
江湖好汉吃点啥　　　　　　　　　　　　　　　　181
侠客们穿什么　　　　　　　　　　　　　　　　　191
"我们是做了恶，可你也别揭露呀！"　　　　　　　197
但凡没死在我手上，就不是我的错！　　　　　　　202
仪琳、小昭、程英、双儿：温柔的结局　　　　　　210

那些说不出的苦 221

第四辑　金古

《飞狐外传》与《雪山飞狐》：不同的幽微 229
《越女剑》：美丽、放弃与归隐 243
"只有作者和我知道真相！" 248
古龙笔下的独立女性与蛇蝎美人 255
古龙怎么给小说人物起名 259
古龙小说面面观 266
1993 年的香港功夫片 275
周星驰的如来神掌 286

序　生活在武侠世界中

只有我一个人偶尔会这样，在日常生活里陷入侠客的白日梦吗？

——"在下昆仑派铁琴先生门下西华子。久闻阁下掌法卓绝，倒要请教！"对面这个胖子形貌寻常，语气倒是不卑不亢，双足不丁不八，看着就不太好惹。我道："在下归隐江湖，不问世事，西华子先生请吧。"西华子冷笑道："那么，恕在下有僭了！"手起一掌，风声飒然。我一个盘龙绕步，让了开去，从他左肩闪过。

哼，这胖子体格魁伟，下盘沉稳，却是不够灵便，我一开始就看出来了。

"你跳什么？"若问我。

"啊？"我看看若，吓了一跳。我手提着购物袋，她拿着手机看购物清单。我们刚绕过那个发际线很微妙的大叔，离购物中心还有五十米。

"不要乱跳。一会儿呢,我先去存钱,你拿水和乳制品。然后我们在肉柜那里汇合。然后蔬菜、千层酥、葱白、茄子……你还有什么想吃的?"

"没了吧。"我慢吞吞地说。

我们到了购物中心,若去存钱了,我提着购物袋,晃晃荡荡着走。地板刚被拖过,滑溜溜地,让人简直想就势滑起来。肉柜那里冷藏十足,何况还是大冬天……

——冰窖里滑不溜丢、寒气逼人。饶是我轻功了得,内功深厚,还是觉得不太舒服。下面怎地寂然无声?定是李秋水与天山童姥已经见招拆招打了千余回合,此时正在对耗内功,虚竹一定正手足无措吧?这时我只要上去一掌,便可唾手而得逍遥派两大高手的内功。虚竹与我无冤无仇,我又不和他抢梦姑,谅来不至于打起来。哎呀,但是李秋水与童姥何等武功,如果垂死一击,那二人毕生功力之所聚,我如何当得?势必要被打得经脉尽碎。那么就不能发十成功力,出掌只用七分力,留在自己身上三分,亢龙有悔,就是要凌厉狠辣,又能收得回来;那两位老太太中了掌,欲待回身时,我早已飘然后退,嘿嘿……

"差点踩到我!"若说,"忽然就往后一退。"

"好嘛,不是故意的。"我说。

"我存好钱啦,你选好了吗?"

"这不等着呢吗?"

我们挑好了鸡胸肉,又买了千层酥和葱白。要结账了,若忽然想起来了似的,"要买牛奶。"

"大冬天就少喝点牛奶吧,冰凉凉的。"

"你不是爱吃土豆泥吗?"若说,"做土豆泥要牛奶。"

"这么一说还要黄油。"

"对。"

若快步朝乳制品柜走过去了。我在后面拖着购物袋跟着。乳制品柜有四层高,牛奶在四层。若抬了抬手,够不到。

——我仰头看看那峰顶曼陀罗花,微微一笑,倏地一提气,大风凌云,直纵过去;接近雪峰之时,真气一浊,左脚早出,蹬在石壁之上,提一口气,双臂一摆,正是武当派嫡传的梯云纵轻功,一沉一起之间,轻若鸿毛。那时节,舒臂伸手,轻轻巧巧地,已将曼陀罗花摘下。这一下飞纵之中,要不伤花枝,转刚为柔,那是乾坤大挪移第七重的功夫,非同小可。

把两瓶牛奶拿了下来,若一手一瓶拿着,又想了想:"好像没什么要买的了，走吧。"

结完了账，我们俩提着购物袋出去，在对面水果铺里买了覆盆子、菠萝和果脯，出了购物中心——回家啦。蓝天白云，天气不错，完全不像上午还下过雨的样子。

"当心水坑。"若说。我一脚未及落地，凌空虚飘飘地一脚踢出，就接着这一纵之力，已经跃出深潭。只听得左右一起喝彩："好轻功！"这时候，我该怎么一笑，让武林群豪佩服得五体投地呢？

"等一会儿红灯。"若说，"站后面一点嘛。"我"哎"了一声，撤后两步，跟她一起并肩等绿灯。

——大概，人读过的书、听过的歌，或多或少都会改变人生。武侠小说同好者们现在经历的人生，也是被武侠小说改变过的了吧。

——而且很容易再次沉迷其中。

话说，金庸（和古龙）的武侠爱好者，或多或少，都会如此？明明已经读熟了，却忙于重读与重温。

读熟了之后，每次重读，都像是孩子上游乐园，可以径直去自己喜欢的段落。因为已经没有悬念，没有紧张，只剩读那一段的愉快了。

有朋友喜读情情爱爱的段落，看见张翠山与殷素素、张无忌与赵敏的纠葛就来劲；有朋友喜读男儿慷慨的段落，捧着胡一刀大战苗人凤的故事便不撒手。爱读豪气干云的，翻到乔峰去聚贤庄的章节就血脉偾张；爱读金戈铁马的，会死读成吉思汗与帐下诸将那些句子。

我们这些重读党，每次重读，都像是在找一个任意门，重新回到金庸的武侠世界。看久了，悲情的部分也不悲情了，于是只剩下一个虚拟的世界，仿佛古代人看山水画而向慕生活在其中似的。萧大侠死在雁门关了吗？没关系，我们还是可以去无锡松鹤楼，看他和段誉斗酒；洪七公和欧阳锋拥抱着死在华山了吗？不要紧，我们可以立刻回到他和郭靖黄蓉初次见面时，去问黄蓉要鸡屁股吃的场景，他还吃了"二十四桥明月夜""玉笛谁家听落梅"……仿佛大家都是老熟人。

这大概就是我们的习惯：每次回去重读小说，甚至希望回到从未读过他小说的时节，想重新开始经历一遍传奇。

在虚构作品中寻找真实感不免有些痴人说梦，但生活中能有一个天马行空、快意恩仇的梦做做，也不错。

第一辑 际遇

萧峰：孤独的英雄

萧峰是金庸小说里最悲壮的角色了。

他从小失去父母，懵然长大；三十来岁事业巅峰，忽遭背刺；一系列误会套上身，连做人的资格都要被剥夺了。痛失爱人，远走雪野，最后还为了解兵争，自尽于雁门关。

金庸是有意将他按古希腊英雄来写的。

我们都知道，萧峰出场即巅峰。他的武功当世顶尖，三十来岁已是"北乔峰"，丐帮帮主，早早走上人生巅峰，然而那并不容易。智光和尚曾如是概括他的历程："他试你三大难题，你一一办到，但仍要到你立了七大功劳之后，他才以打狗棒相授。那一年泰山大会，你连创丐帮强敌九人，使丐帮威震天下，那时他更无犹豫的余地，方立你为丐帮帮主。以老衲所知，丐帮数百年来，从无第二个帮主之位，如你这般得来艰难。"

这什么三大难题、七大功劳、泰山大功，终于帮主之位，古往今来无双的艰难，对应的是古希腊传说里赫拉克勒斯的十二大功。

然而，萧峰的辉煌，都停留在过去。《天龙八部》省略了他一路往上的拼搏，此后描写的一切，都是他的失去。我们只能从他的刚毅与勇猛的故事中，隐约感觉出，这个帮主确实得来不虚，果然是真英雄。

话说，金庸小说里有两类主角。一类屡得奇遇，神功在体；一类硬桥硬马、硬练出来。

前者的极端是虚竹，后者的极端是萧峰。

萧峰出场时三十一岁，七岁学艺，二十四年的少林内功。他没什么神奇经历，也没人送他毕生内功，但着实能打。

萧峰在少林救阿朱时，曾硬接了"少林三玄"的掌力，论深厚，并没有优势：对玄难，他被震得右臂酸麻；对玄慈的大金刚掌，他一度被震惊，也承认玄慈是他有生以来遇到的第一人；然而，萧峰"一转身，便如渊渟岳峙般站在当地，气度沉雄，浑不以身受强敌围攻为意"。对玄寂，则是硬挡了一招对方毕生功力之所聚的掌法，平手，一度全身乏力，但一提真气，立刻走了。

"少林三玄"都是骇异无比："不料乔峰接了这一招，非但不当场倒毙，居然在极短的时间之中便即回力，携人上屋而走。"

后来，萧峰追他亲爹萧远山时，原文也说过，他天赋惊人，以弱克强，而且运用自如，续航无敌。正所谓："他生平罕逢敌手，许多强敌内力比他深厚，招数比他巧妙，但一到交手，总是在最要紧的关头，以一招半式之差败了下来，而且输得心服口服，自知终究无可匹敌，从来没人再去找他寻仇雪耻。"

他追他爹追了近三个时辰，还能跟他爹喊话。他爹终于说："乔峰威震江湖，果然名不虚传。你口中说话，真气仍然运使自如，真英雄，真豪杰！"

萧峰后来吓唬星宿派几个小卒，右手提起钢杖，对准了山壁用力一掷，八尺来长的钢杖，倒有五尺插入岩中。他自己也觉欣然，寻思："这几个月来备历忧劳，功夫倒没搁下，反而更长进了。半年之前，我只怕还没能插得如此深入。"

"备历忧劳"，四个字而已。

但他那几个月来，从丐帮一帮之主沦为万人唾骂的"契丹胡虏"。失去养父母和授业恩师，蒙受不白之冤，与全世界反目，与爱侣阿朱相遇后又生死两隔，奔走破案又屡屡失手。若是一般人，早已精神崩溃了。萧峰却居然，"功夫倒没搁下，反而更长进了"。

这是真正的一代战神。

金庸笔下两个得了降龙十八掌真传的主角，都获得他的偏爱：萧峰与郭靖，都是如此专注进步、实战卓越的天才。反过来，走好运得到奇遇的，往往就内力深厚，打架却经常都只能发挥个三五成：比如段誉、虚竹、张无忌……

然而就是萧峰这样的天生战神，却总在与他无法正面交手的对手搏斗。他实战从未一败，但人生路越走越窄。

而且越来越孤独：无人理解的孤独。

他当丐帮帮主时，麾下的长老们敬重他、佩服他，但不太了解他。他跑去和段誉喝酒交朋友，但段誉一开始也不算了解他。

等他遭遇了背叛，身世被揭露，丐帮诸位在意的依然是，"他是不是契丹人"，于是闹将起来。

他要离开时，徐长老这个老流氓，在意的却是打狗棒。

他的亲爹萧远山，莫名其妙地给他作梗。养父死了，师父死了，少林寺的人都当他是杀师恶魔。

他跟阿朱讲故事,说到自己小时候初次杀人的经历——那其实也是孤独到极点了:若非孤独,谁会把自己小时候杀恶人的事,平白跟一个萍水相逢的小丫鬟讲呢?他去闯聚贤庄,除了救阿朱外,何尝不是为了"乔峰拜庄",让谩骂他的中原群雄看看,他终究还是个英雄吗?

他之后去了雁门关,知道了自己确是契丹人,也与阿朱定了情,那是他此后人生最快乐的一段时光——他被中原群雄放逐,连真名都不敢露,却有一个心爱的人在侧,才感受到幸福。虽然细想来,其实还是很苦。

他找谭公谭婆,找智光和尚。没人真理解他,总觉得他是来寻仇杀人。他在小镜湖救了段正淳,事后得到的评价也很奇怪。段正淳们根据江湖传言,说:"听说此人杀父、杀母、杀师父、卑鄙下流,无恶不作。"

所以,段正淳们也以讹传讹,说萧峰"对义父义母和受业恩师十分狠毒,对女人偏偏情长;忘恩负义,残忍好色,是个不近人情的坏蛋"。

好在阮星竹换个角度,用来批判段正淳:"男人只要情长,就是好人。"还说段正淳也是忘恩负义,残忍好色——只不过他是对情人好色负义,对女儿残忍无情。

萧峰:孤独的英雄

终于萧峰将这一切喧嚣抛诸背后,莽苍踏雪北上了。

他获得完颜阿骨打和女真部族无条件的爱,然后无意间又结交了耶律洪基。等为耶律洪基解决了皇太叔之乱后,莫名其妙成为整个辽国的英雄。

然而,这里依然没人理解他。耶律洪基让他当他不想当的南院大王,给了他不想要的富贵,让他伐宋;麾下的小兵们献点儿他并不想要的俘虏给他,指望他领受;他放游坦之走,游坦之依然认定他奸恶狡猾。阿紫立刻违背了他的主意,把游坦之捉回来折磨。

接下来就是少林寺之战,他依然被中原群豪视为仇敌。终于到了藏经阁,慕容博跟他谈条件:用自己一条命,换辽国起兵。萧远山不置可否,萧峰断然拒绝。当时慕容博还用激将法,说萧峰不明大义、徒逞意气,一勇之夫。又用自己的思维套萧峰,说"你是大辽之臣,若只记得父母私仇,不思尽忠报国,如何对得起大辽"。

这里是萧峰第一次,将自己的真心袒露出来:

> 你可曾见过边关之上、宋辽相互仇杀的惨状?可曾见过宋人辽人妻离子散、家破人亡的情景?宋辽之间好容易

罢兵数十年，倘若刀兵再起，契丹铁骑侵入南朝，你可知将有多少宋人惨遭横死？多少辽人死于非命？……兵凶战危，世间岂有必胜之事？大宋兵多财足，只须有一二名将，率兵奋战，大辽、吐蕃联手，未必便能取胜。咱们杀个血流成河，尸骨如山，却让你慕容氏来乘机兴复燕国，我对大辽尽忠报国，旨在保土安民，而非为了一己的荣华富贵、报仇雪恨而杀人取地、建立功业。

这一番话引出了扫地僧，他说萧峰菩萨心肠——这大概也是全书仅有的一次，萧峰真正得到了理解。

然而，扫地僧终究是神仙中人，一现即隐，此后萧峰又要面对不理解了。

耶律洪基要伐宋，萧峰不肯，耶律洪基便认定他心向宋朝。阿紫跟萧峰哭闹，问自己哪里及不上阿朱，然而她终于也不明白，自己的问题不在是否及得上阿朱，而是萧峰心里，"四海列国，千秋万载，便只一个阿朱"。终于萧峰被囚，中原群雄来救。

然而那个时候，萧峰依然不被理解。

契丹人咬牙痛恨："这萧峰叛国投敌，咱们恨不得咬他的肉来吞入肚里。"

"萧峰这狗贼为什么恁地没良心？他到底是咱们契丹人，还是汉人？"

"听说他是假扮契丹人的南朝蛮子，这狗贼奸恶得紧，真连禽兽也不如！"

而中原群雄，尤其是丐帮，思维也比较朴实简单。丐帮长老吴长风请萧峰接受打狗棒时，说的话很真诚："吴长风受众兄弟之托，将本帮打狗棒归还帮主。我们实在糊涂该死，猪油蒙了心，冤枉好人，累得帮主受了无穷困苦，大伙儿猪狗不如，只盼帮主大人不记小人过，念着我们是一群没爹没娘的孤儿，重来做本帮之主。大伙儿受了奸人煽惑，说帮主是契丹胡狗，真该死之极。大伙儿已将那奸徒全冠清乱刀分尸，为帮主出气。"

但萧峰说："吴长老，在下确是契丹人。多承各位重义，在下感激不尽，帮主之位，却是万万不能当。"

吴长风迷茫得很，不知道自己说错了啥："你……你又说是契丹人？你……你定然不肯做帮主，乔帮主，你瞧开些罢，别再见怪了！"

在丐帮诸位好汉思维里,"契丹人"与"做帮主"是矛盾的;萧峰既然不是坏人,那他就不是契丹人,他就该回来做帮主;萧峰说自己是契丹人,那一定是不肯做帮主的托词——真是一团乱。

连少林寺的和尚,都有这类逻辑混乱的问题。

萧峰后来与玄渡对话,玄渡说:"原来帮主果然是契丹人。弃暗投明,可敬可佩!"

萧峰立刻指出了玄渡的思维死角:"大师是汉人,只道汉为明,契丹为暗。我契丹人却说大辽为明,大宋为暗。"这段话说得老和尚玄渡也只能默然。

终于萧峰到雁门关前,解了兵争,自己自尽了。

本来千古艰难,不过一死。但到他死后,还是有一点荒诞的意味。

读者大多不怕角色死,却怕角色死得没价值。郭靖于襄阳殉国,江湖流传他的传奇。程灵素以死殉情,但好歹救下了胡斐,胡斐也理解了她的深情。

萧峰死后,情况比较荒诞。

耶律洪基很茫然,不理解:"他和我结义为兄弟,始终对我忠心耿耿，今日自尽于雁门关前，自然决不是贪图南朝的功名富贵，那……那却又为了什么?"

毕竟，对满脑子只有利益和功名富贵的他来说，萧峰实在太难理解了。

中原群豪一个个围拢，许多人低声议论。

有人意识到自己思维的局限性："乔帮主果真是契丹人吗？那么他为什么反而来帮助大宋？看来契丹人中也有英雄豪杰。"

可是有人用萧峰来揄扬自家："他自幼在咱们汉人中间长大，学到了汉人大仁大义。"

更有人给萧峰扣帽子："他虽于大宋有功，在辽国却成了叛国助敌的卖国贼。他这是畏罪自杀。"

当然也遭到了反驳："什么畏不畏的？乔帮主这样的大英雄，天下还有什么事要畏惧？"

所以，这大概是萧峰真正的悲剧。他经历了命运的不公，被放逐出去，豁出命立下如此大功，才终于获得了认同。可是他到死，都不太被理解。

也许只有段誉和虚竹等少数人，才明白他的苦心、他的酸楚。而绝大多数人，还是在按自己的思维，加工萧峰，编排萧峰，想象萧峰。

毕竟人死了，再怎么说他是胡是汉，是贪求富贵还是畏罪自杀，都只能由后来人的嘴。

杨过：风雨如晦，心有所感

金庸小说的主角，大多人生目标明确。陈家洛要反清复明，袁承志和郭靖要报父仇，令狐冲追求自由自在，胡斐要解决凤天南，为钟家报仇。乔峰先是要查出身世，再是要止战。大侠讲究虽万千人吾往矣，威武不能屈。

这么比起来，杨过就是个很有趣的存在了。

他的心态和经历，是所有主角中最跌宕起伏、百转千回的。他还断了臂，还白了鬓边头发，还熬了十六年。金庸其他主角在小说结束时，大多二十多岁；杨过到小说结束时已经三十六岁，人到中年了。

杨过的感情经历也很多。虽然我们都说韦小宝有七个老婆，但其实有些写得很虚，更像强凑过来的。杨过的疑似女朋友们，那就热闹了。虽然他跟小龙女生死以之，但不妨碍他有许多女伴。

他曾经因为陆无双嗔怒的神色神似小龙女，救了她，祸福相依，百计避难，让自小在李莫愁檐下低头的陆无双爱上了他——虽然嘴上，陆无双从来不肯落下风。

他救下陆无双与黄蓉的豪举，感动了程英，又与程英有"既见君子，云胡不喜"的琴传心声，于是程英也爱上了他——虽然表面上，程英是最淡然的那个。

他与绝情谷中、无人做伴的公孙绿萼谈笑，又出手救她，还救出了绿萼的母亲，终于绿萼为他自舍性命，死在父亲剑下——这是一个开始最不经意，结局却最惨烈的爱情故事。

他还亲过完颜萍的眼睛，跟郭芙恩怨了一辈子，还让郭襄一见杨过误终身——真热闹。

他与小龙女在古墓中相互扶持，他说出了著名的"只有姑姑爱我，世人不爱我，我又何必爱世人"，中间经历了误会、出走、重逢、二次出走、抢婚、中毒、断臂、重伤、再中毒、十六年之约等无数悲欢离合。

然而再读一遍书，便不难发现：杨过在意的，除了小龙女，就是郭靖。这大概才是贯穿整本书的心意。

话说，杨过自小，心中有个结，大概类似于："我没有父亲，郭伯伯那么好，可惜不是我的父亲。我总想干点啥让郭伯伯看得起我。"

这个结藏得,比他想象中还深。

因此他被郭靖送去终南山,送去给全真教当弟子时,极为不快:他并不在意全真教是不是玄门正宗,只觉得自己被郭靖抛弃了。于是才跟全真教赵志敬针锋相对,终于大闹终南山,去投了古墓派。

到了古墓派后,他有了第二个心结:"世人不爱我,只有姑姑爱我,我要为了姑姑死。别人的事我啥都不管。"

之后他偶尔也行侠仗义,比如救了陆无双。但大多数时候,杨过很奉行个人主义:他要找姑姑,他要跟姑姑在一起,别的不管。

但他真的冷眼看世间吗?也不是。

大胜关与郭靖黄蓉重逢的时候,杨过与黄蓉聊天,黄蓉对杨过说:"过儿,我什么也不用瞒你。我以前不喜欢你爹爹,因此一直也不喜欢你,但从今后,我一定好好待你,等我身子复了原,我便把全身武功都传给你。郭伯伯也说过要传你武功。"

这一席话说得杨过大哭——说来他就这么单纯:平时装得

比谁都酷，但只要获得一点点来自郭靖黄蓉的爱，他就决定以死相报。

然而，杨过的情绪又不稳定。听了傻姑的话，他认定了，是郭靖与黄蓉杀了他父亲，于是一心要报仇。后来回到襄阳，意图谋害郭靖。当时他也反思过："我为了报一己之仇，却害了无数百姓性命，岂非大大不该？"

他是知道的，一旦杀了郭靖，他就是地地道道祸国殃民的卖国贼了。

但杨过转念又想："罢了，罢了，管他什么襄阳城的百姓，什么大宋的江山，我受苦之时，除了姑姑之外，有谁真心怜我？世人从不爱我，我又何必去爱世人？"

这一刻的杨过，已经堪称邪恶了。

可惜，邪恶得也不彻底。

小说里有一段描述意味深长，杨过虽然老是幻想自己亲爹很厉害，但内心深处，其实隐隐觉得，自己亲爹不如郭靖。但他又不想接受这个事实。

他的感情其实就是："我好希望郭伯伯这样的英雄就是我爸，所以我又不能接受我爸不如郭伯伯这个事实；如果是郭伯伯杀了我爸，那我就要杀郭伯伯为我爸报仇，可是如果郭伯伯对我好，我又觉得下不了手……"

真是奇妙的自卑啊。

之后杨过两次谋刺郭靖，都是阴差阳错，未能成功——一次是武功不及被郭靖反制，一次是被潇湘子阻挡了。

然后，他又救了郭靖两次——其中一次，是他自己令郭靖陷入绝境。只因为发现郭靖临危之际，还是关心他，杨过于是热血上涌，决心舍命要救郭靖。

大概，杨过做的大多数事，动机都很统一："我希望郭伯伯能注意到我，我希望郭伯伯能在意我"——"啊，郭伯伯是在意我的，我要为了他死！"

杨过如此摇摆不定了半本书，真正觉醒，是看到黄蓉与郭靖重伤之际，生死垂危，依然讨论国事为重。从此杨过真正脱胎换骨。

那一瞬间，警醒他的，是黄蓉当年的教诲。书里面说：

> 霎时之间，幼时黄蓉在桃花岛上教他读书，那些"杀身成仁、舍生取义"的语句，在脑海间变得清晰异常，不由得既觉汗颜无地，又是志气高昂。眼见强敌来袭，生死存亡系乎一线，许多平时从来没想到、从来不理会的念

头，这时突然间领悟得透彻无比。他心志一高，似乎全身都高大起来，脸上神采焕发，宛似换了一个人一般。

终于他对黄蓉说出"你放心"，于是奋然出战。从此，杨过才真正蜕变了。不再是个自我中心、不管他人死活的少年了，开始走上大侠之路。

剧情安排，从此之后，杨过连武功风格都改了。

杨过先前性格浮躁跳脱，学了古墓派全真派白驼山各家武功，又机缘巧合，学会了打狗棒法玉箫剑法一大堆，但始终驳杂不纯，被李莫愁追着打。

等他觉醒之后，功夫也单纯了：练了玄铁重剑，讲究重剑无锋大巧不工，招式跟性格一起，变得沉稳凝练了。

杨过与小龙女绝情谷相别，小龙女留下了十六年之约。杨过与陆无双、程英结拜了兄妹，从此不再撩姑娘了。他独自回去跟神雕练剑，练到草木竹石皆可为剑，是上境界了。

于是原文有了这么句话：

> 某一日风雨如晦，杨过心有所感，当下腰悬木剑，身披敝袍，一人一雕，悄然西去，自此足迹所至，踏遍了中

原江南之地。

这句话之后，立刻接著名的"风陵渡夜话"，十几年后了，众人描述杨过走遍大江南北做的事：救王惟忠子裔、诛陈大方、审丁大全、赎宋五、杀人父而救人母，听得小郭襄悠然神往，这才有郭襄会杨过、此后数十年的孽缘，以至于张三丰一等等了百年……嗯，跑题了。

反正，从此之后，杨过从一个独善其身的利己主义者，变成匡济天下的神雕侠。

当时，黄药师领教了杨过的黯然销魂掌，说杨过这个掌法，论威力只有降龙十八掌可比。

然后杨过击杀了尼摩星，黄蓉一看，也觉得，这个掌力刚猛无比，只有降龙十八掌可比——顺便一提，黯然销魂掌是十七路。

武功风格与人物性情也相关。杨过自从决定成为大侠之后，处处都是比照着郭靖去的。

刚才说到，杨过决定成为大侠时，有一句所谓"风雨如晦，心有所感"，这是有点典故的。

"风雨如晦"这四个字，乍看是风雨交加、天色灰暗，但出处是《诗经》。

《毛诗序》说《风雨》一诗的主旨是："乱世则思君子不改其度焉。"

那时节，杨过武功大成了，心态成熟了，小龙女要过好些年才能见到。不想继续独善其身了，他渴望成为郭伯伯那样的豪侠了。

风雨如晦，自然想到了乱世；行，那就去走南闯北，挑战乱世黑暗吧。十几年后，杨过已经成为暗夜江湖中的神雕侠。

最后，襄阳大战胜利了，有了这一幕：郭靖携着杨过之手，拿起百姓呈上来的一杯美酒，转敬杨过，说道："过儿，你今日立此大功，天下扬名固不待言，合城军民，无不重感恩德。"

杨过心中感动，有一句话藏在心中二十余年始终未说，这时再也忍不住了，朗声道："郭伯伯，小侄幼时若非蒙你和郭伯母抚养教诲，焉能得有今日？"

他二人自来万事心照，不说铭恩感德之言，此时对饮三杯，两位当世大侠倾吐肺腑，只觉人生而当此境，复有何求？

至此，杨过终于成为真正的大侠，而不再是个每天琢磨杀郭靖、卖襄阳、找解药、救爱人、怨天恨地、谁都不爱我的个人主义少年了。这才终于解开了他人生两大心结之一——另一个是与小龙女的爱情。

到此为止,《神雕侠侣》才真到了结束的时刻。

所以,《神雕侠侣》的真正主线,是杨过这个缺爱的孩子,从利己主义者,变成大侠的故事。

而杨过追随郭靖行侠仗义的成长起点,就在"风雨如晦,心有所感"的瞬间。哪位会说,杨过不一定懂"风雨如晦"的典故,看个风雨,真会联想到乱世吗?我有个小证据。

杨过和程英,有一段著名的弹琴倾心,程英写的句子是"既见君子,云胡不喜"。

当时杨过一看她的字迹,便懂得了她的心意。因为当年黄蓉教过他的:这两句话的意思是,既然见到了这男子,怎么我还会不快活?

而那整段《诗经·郑风·风雨》,乃是:

风雨如晦,鸡鸣不已。
既见君子,云胡不喜?

郭靖与江南七怪

七好像是个很好的组合数字。北斗七星,一周七天,七个葫芦娃。黑泽明有《七武士》,梁羽生遂有《七剑下天山》,古龙有《七杀手》和《七种武器》。

金庸也有七。

《射雕英雄传》里有江南七怪,有全真七子。

我很喜欢江南七怪。

首先是因为……他们武功不错。

哪位说了:江南七怪很弱啊?跟"五绝"一比,那真是……

然而"五绝"级别,世上也只五个人。西毒常在西域,东邪远在海外,南帝青灯古佛,王重阳归了天。中原飘荡的高手,洪七公、裘千仞而已。

再往下数,黑风双煞江湖闻之色变,彭连虎是一方巨盗,沙通天独占黄河,梁子翁称雄关外,灵智上人是西南宗主。全真七子人人名震天下。

像彭沙梁灵这几位，是完颜洪烈搜肠刮肚，从边塞搜罗来，组团去偷《武穆遗书》的。以完颜洪烈当时的地位，可以说，彭沙梁灵们已经是能请得到的最高手了。事实也是：梅超风失明且一直在暗中出没，全真七子是出家人。俗家人能找到的顶尖高手，可不就是彭沙梁灵？

江南七怪组队，能与全真七子最强的丘处机两败俱伤，甚至可说是赢了。

须知丘处机是全真七子武功第一人。天下除了"五绝"、周伯通、裘千仞和梅超风，就是他第一。

等江南七怪剩下六个人了，还可以合力压倒欧阳克，大快人心：当日柯镇恶给了欧阳克一杖，朱聪以分筋错骨手扭断欧阳克的左手小指，看得人扬眉吐气。在赵王府单挑时，江南六怪[1]是可以压倒彭连虎和沙通天的。意思是，半组江南六怪，也可以统治黄河了，只是人家没去做而已。

屈指算来，《射雕英雄传》时代，天下高手，不算郭靖黄蓉，

---

[1] 江南六怪：江南七怪老五张阿生，为救韩小莹而被"铜尸"陈玄风杀死，故后文江南七怪也称"江南六怪"。

则顶尖是"五绝",还有周伯通和裘千仞。

以下是梅超风、丘处机、瑛姑;再以下是欧阳克、彭连虎、沙通天、渔樵耕读和全真诸子。

丘处机绝对是天下武功前十的高手,欧阳克也逃不出十来位去,而江南六怪组队,足以让欧阳克胆寒。

而且,江南七怪的应变与斗志,真是一等一。

打丘处机时,七怪各自受伤,但顽强奋战,远射近打,风格多样。打梅超风时,彼此配合默契,朱聪看似机巧,但关键时刻扑到陈玄风身上救兄弟,韩宝驹用软鞭救过大哥,全金发和朱聪,都有跟柯镇恶配合射毒菱的技法。在赵王府时,一口气面对三四个彭连虎级高手的猛攻,江南六怪靠着圆阵死死挡住。

坚韧,斗志,配合,临场应变,都是一等一。

在牛家村,黄药师突袭全真七子,瞬间占领压倒性优势:先给王处一一个耳光,再谭处瑞、刘处玄、郝大通、孙不二四人脸上都吃了一掌。还好丘处机应变强,袖子打中黄药师胸口,跟黄药师换了一招;之后黄药师夺走马钰与谭处端的长剑,得亏丘处机、王处一双剑齐出,马钰乘空隙站好位置,谭刘郝孙才来得及摆天罡北斗阵。

郭靖与江南七怪

之后黄药师突袭江南六怪，六怪的反应是：齐声呼啸，各出兵刃。韩小莹被梅超风尸身吓着了，但南希仁挥动扁担，全金发飞出秤锤，韩宝驹斜步侧身地面攻击，一旦发现对方攻击到了，立刻撤鞭后仰，就地滚开。原文里说只交手数合，六怪登时险象环生。

江南六怪加起来也就一个丘处机的武功，按说黄药师对付全真七子随心所欲随手抽耳光，打六怪更轻松才对，但六怪面对"五绝"级的突袭，一没乱二没溃，郭靖眼中看来，"六位恩师气喘呼喝，奋力抵御"。

武功不提，战斗意志和应变，那是真的了不起。

江南七怪并不具备主角光环的上乘武功，而实战表现极佳，堪为一方豪强。

他们应变极为出色，还有以弱克强的绝技（不是绝学），而且英风侠骨，敢打敢拼：这一点以弱扛强的草根特质，永久地注入郭靖体内，才铸就他的战神地位。

金庸小说里，有些人物身怀绝世武功，可惜临场应变不怎么样。比如段誉不擅近战，虚竹在少林寺先后打鸠摩智与丁春秋，也不尴不尬，旁白明说他只发挥到十之三四的功力。

张无忌更是逢初战必打折，遇到玄冥二老、风云三使、少林三渡,都是首战被打懵,琢磨之后,第二战才扳回。

而有些人物,是天生战神。萧峰救阿朱出少林寺时,一口气抵挡了"少林三玄"的掌力;他在聚贤庄更独战天下英雄,平叛则万军之中杀楚王擒皇太叔;少林寺前他独战三大高手,一招间逼退三人,纯粹是天才。

类似的天赋,郭靖也有。

大漠里,他换三四种兵器大战黄河四鬼;他会了降龙十五掌就敢去打梅超风;桃花岛求亲时单挑欧阳锋;此后多次与欧阳锋和裘千仞交手;终于在塞北小黑屋中,独挡欧阳锋、周伯通、裘千仞三人夹攻还能拆数十招。十几年后,他在终南山一看九十八人的天罡北斗大阵就想出破法,不伤和气地完胜;在襄阳之战,独闯忽必烈大营,被围十万军中,一个人打四大高手,还游刃有余。

郭靖的可怕天赋,一是坚韧,所以华山论剑被黄药师逼到口干舌燥还不认输;二是欧阳锋在桃花岛对洪七公那一句定评,"七兄,你这位高徒武功好杂";三是临场应变快得匪夷所思。

这些资质,都是从江南七怪这种非顶级高手身上继承来的——草根打架哲学。

抛却武功不论，江南七怪也是真正的侠。

武侠看多了的人，很容易只注意到武，不在意侠。有武功，要对砍，砍得飞天遁地很玄幻，很帅是吧？但那不叫侠。

侠是什么？武侠小说里各色人物争名逐利，许多人忘了何为侠。侠不是要武功高到什么程度，而是急公好义。

只是侠义的行为，经常是不被理解的。

《倚天屠龙记》中，彭莹玉曾有句绝妙的话。当面临生死之际，他被峨眉派丁敏君逼问白龟寿下落，宁死不屈，凛然道："大丈夫做人的道理，我便跟你说了，你也不会明白。"

在法家代表韩非子眼里，"侠以武犯禁"。

但对侠客们来说，可能确无利益，只是确实想去做些事罢了。

鲁迅先生《故事新编》里，诸子都有戏份。最酷的一个，乃是《非攻》里的墨子。

书中说，当日公输班——也就是鲁班——打算为楚国制造攻城器械，攻打宋国；墨子仗义，反对一切侵略，于是亲自去楚国了。

临走前，他很看不惯自己某个学生，嚷什么为国而死，于是告诉自己另一个做实事、搞城防的弟子管黔敖:"不要弄玄虚,死并不坏,也很难,但要死得于民有利!"

墨子很讨厌整那些虚的。

墨子到了楚国,由鲁班引荐,见了楚王。当场与鲁班表演了攻守战略,赢了鲁班。鲁班讪讪地说,自己有赢墨子的法子。墨子替他说了出来:杀掉我,宋就没有人守,可以攻了;然而,我的学生三百人,已经拿了我的守城器械,在宋城等候了,杀了我,楚也攻不下宋。

楚王为之感动,决定不攻宋了。墨子成功了。

临了,墨子与鲁班还有段对话。

墨子很直白地谈起利害,说,互相爱,互相恭敬,就等于互相有利;有利于人的,就是好;不利于人的,就是拙。

他让鲁班不要搞花里胡哨的东西了,重要的是利害。

在另一篇著名短篇《铸剑》里,有一个代表鲁迅先生自己的黑衣人,答应要替眉间尺报仇。当眉间尺问他缘故时,黑衣人断然道:"仗义,同情,那些东西,先前曾经干净过,现在却都成了放鬼债的资本。我的心里全没有你所谓的那些。我只不过要给你报仇!"

他不想要义士这个头衔,也不摆所谓仗义、同情这些虚招子。直截了当地,报仇;一诺千金、舍身不恤地,报仇。

许多侠义的行为,也许完全没利益可言——当然有许多假侠会打着仗义的假招子博虚名谋利益,但自有些侠,就是这样的。

李白曾有诗:"齐有倜傥生,鲁连特高妙。"他崇拜的齐国侠客鲁仲连,做过两件很帅的事。

一是长平战后,秦围邯郸。魏国有新垣衍,想劝关东诸国奉秦昭王为帝谋罢兵。鲁仲连主动去找新垣衍,告诉他秦国以后得寸进尺,六国怎么办?于是这个提议作罢,六国继续抗秦。

后来邯郸解围,赵国平原君要送鲁仲连千金,鲁仲连说:天下之士,为人排忧解难,分文不取。我拿你的钱,就成了商贾了。不要不要——说罢起身就走,一辈子都没再见平原君。

又一些年过去了。燕国有将领攻下聊城。然后:齐国人围了聊城,燕国又怀疑这个将领。燕将两边不讨好。鲁仲连又来了,一支箭射了封书信进城。又一番引经据典,一会儿举管仲的例子,一会儿举曹沫的例子。总而言之:您别感情用事啊,要理智。燕将看了书信,哭了三天。想想算了,自杀吧。齐国就得了聊城,想封赏鲁仲连,鲁仲连又逃走了:"我与其因为富贵向人低声下气，还不如贫贱着，可以随心所欲呢。"

后来魏安釐王问子顺，"天下高士有谁啊？"子顺说："世上没这等人，非要找差不多的，那就鲁仲连吧。"

魏安釐王说："鲁仲连那么潇洒，都是强行造作装出来的，一点都不自然！"子顺说："每个人都会摆样子啊。如果你那模样总能摆着不垮，就是君子；一直摆着，就习惯成自然，那就不是装了嘛！"

这段话可以这么解释："哪怕是装潇洒，能装一辈子，就是真潇洒！"

反过来，魏安釐王也真的无法理解鲁仲连。但不妨碍鲁仲连继续做自己的侠。

说回江南七怪。

怪就怪在大师父柯镇恶，侠也侠在大师父柯镇恶。

小说里，柯镇恶一听焦木说有难，哪怕对手是丘处机，都带领六兄妹来挡。为了义士后代，一赌就是十八年岁月。人这辈子，几个十八年呢？他们与丘处机打赌，决意将十八年青春赌来救助郭靖，教他武功。七个人，十八年青春，只在柯镇恶一句"好，咱们赌了"之中，便决定了。

当日韩宝驹韩三侠说得好："救孤恤寡，本是侠义道该做之事,就算比你不过,我们总也是作了一件美事。"

甚至寻找郭靖六年寻不到时,江南七怪都没想过半途而废。原文所谓:"七怪人人是同一般的心思,若是永远寻不着李萍,也须寻足一十八年为止,那时再到嘉兴醉仙楼去向丘处机认输。"

人生就这么千金一诺,行侠仗义地过去了。

等柯镇恶们带着郭靖回中原,不改嫉恶如仇的本性,一听说白驼山要做什么坏事,就带兄弟们紧着追查。

待结义弟妹们死了,柯镇恶认定是黄药师动手,一心报仇,不避险阻。但也恩怨分明,虽然和黄老邪有仇,在烟雨楼遇到危急时,还是带领大家认路逃脱,救了黄药师一命。

他性子暴躁,却也知错就改,一知道自己冤枉了黄药师与黄蓉的事实,立刻痛打自己和郭靖,同时准备以死谢黄蓉。

到得《神雕侠侣》开头,柯镇恶依然急公好义:和陆家毫无瓜葛,听说李莫愁在杀人,就过来帮忙。

柯镇恶一生,其实也是江南七怪的一生:

小处颇有问题,气性十足;但大节凛然无亏,可说问心无愧。

行侠仗义,重信然诺,光明磊落,毫无偏私,视死如归。

他们一辈子出入绝顶高手丛中,虽然武功不算最顶尖,但从未屈膝低头，被强权压倒。

当然，柯大侠这样的性情，许多人无法理解。

到《神雕侠侣》后半部，有一个神奇的情节。

柯大侠被沙通天彭连虎侯通海灵智上人这些老冤家围住。柯大侠说得明白：他要为襄阳去送关键的军情消息——蒙古南征。送完了，回来领死。

一般人的观念，柯镇恶自己有天下无双的徒弟郭靖，逃出生天后，不该招呼郭靖他们来把"彭连虎们"打死吗？纵使不来打死他们，自己躲起来就是了。

当时侯通海也疑惑，问沙通天："师哥，你说这柯老头真的会来么？"

沙通天说："那就难说得很，按理是不会来的，谁能有这么傻，眼巴巴的自行来送死？"

彭连虎说："可是这柯老头乃江南七怪之首，当年他们和那十恶不赦的丘老道打赌，万里迢迢的赶到蒙古去教郭靖武艺，这件事江湖传闻，都说江南七怪千金一诺，言出必践。咱们也瞧在这件事份上，那才放他。"

等柯镇恶来了，侯通海都愣了："贼厮鸟，果真不怕死，这般邪门。"

柯大侠一来，药给四个人，然后道："老夫的私事已了，特来领死。"千金一诺，言出必行，视死如归，都在这里了。

杨过年少时也不喜欢柯镇恶，后来成熟了，行侠仗义，很明白柯镇恶的了不起，也会认真说一句："柯老公公名扬四海，杨过自幼钦佩，从来不敢无礼。"

而对不理解何谓侠义的侯通海来说，到老来，也依然只能感叹表示不理解："果真不怕死，这般邪门！"

就是这么七位凛然行侠、无愧于心的人物，当了郭靖的师父——张阿生早死，但郭靖算是拜过他了。虽然领头的柯大侠包括三侠韩宝驹，都是暴躁刚愎的个性，然而光明磊落。所以教出来的郭靖，这一生也从没在是非上有过犹豫。除了偶尔考虑"我练武功是不是不好，是不是会害到人"之外，郭靖真所谓浩然正气。

后来，郭靖在襄阳城头，坚守侠之大者为国为民那份信念时的不屈不挠，恰与当年江南七怪仰着头，看着丘处机、梅超风乃至黄药师、欧阳锋这等高手时的姿态，一模一样。

张无忌：天降调停者

喜欢萧峰、郭靖、杨过、令狐冲的读者，挺多。
喜欢张无忌的，似乎就……少了些？

哪位会举手说："我也挺喜欢张无忌的！"——那，如果刨掉他绝世武功的配置、四女同舟的艳福，单论他这个人呢？
——是不是一下子有点犹豫啦？

当然也不奇怪：张无忌就是一个性格温柔，有优点有缺点的普通人。

张无忌这一辈子，前十年在父母与义父温暖的关怀下长大。回到中土，远别义父，又失去父母，身中寒毒。倒霉事占尽了。

他学医，治病，万里送杨不悔西行。初恋，被骗，偶尔获得九阳神功救了命；因为宅心仁厚，他意外获得了五行旗的认可，意外救了五散人和杨逍，意外救了小昭，获得乾坤大挪移。

因为宅心仁厚，排难解纷当六强，自己当了明教老大。又去万安寺救人，获得了中原武林的认可。

但他不想当领袖，只想迎回义父谢逊，把位子让给他；于是千方百计去接谢逊。最后谢逊也救回来了，中原武林和明教恩怨也全消了。

他自己也不想撕扯，功成身退了。

他不是个英雄，却是个天降调停者：

如果做一次 MBTI 性格测试，张无忌估计就是个 INFP 人格：热爱和谐（排难解纷当六强）、爱幻想（四女同舟何所望）、重感情、不爱做决定（到底喜欢哪个姑娘）、开放包容（正邪都好嘛）。

金庸自己在三联版后记里说过：郭靖诚朴质实，把持大节，小事要黄蓉推一下。杨过深情狂放，绝对主动。张无忌却是软弱，少英雄气概，拖泥带水。他不是好领袖，但可以做我们的好朋友。

张无忌最典型的性格，体现在万安寺之前，他和赵敏依然是敌人时，那段剖心析胆的对话：

"我爹爹妈妈是给人逼死的。逼死我父母的,是少林派、华山派、崆峒派那些人。我后来年纪大了,事理明白得多了,却越来越是不懂:到底是谁害死了我的爹爹妈妈?不该说是空智大师、铁琴先生这些人;也不该说是我的外公、舅父;甚至于,也不该是你手下的那阿二、阿三、玄冥二老之类人物。这中间阴错阳差,有许许多多我想不明白的道理。就算那些人真是凶手,我将他们一一杀了,又有什么用?我爹爹妈妈总是活不转来了。赵姑娘,我这几天心里只是想,倘若大家不杀人,和和气气、开开心心的都做朋友,岂不是好?我爹娘死了,我伤心得很。我不想报仇杀人,也盼别人不要杀人害人。"

这一番话,他在心头已想了很久,可是没对杨逍说,没对张三丰说,也没对殷梨亭说,突然在这小酒家中对赵敏说了出来,这番言语一出口,自己也有些奇怪。

——一个敌人,他能如此推心置腹。

——血海深仇,但他很通透,不想报了。

——只想万事和谐。

这种和稀泥的性格,并不是每个人都喜欢。

毕竟许多读者读小说,指望看到性格飞扬的人,遭遇极端情况。日常温吞之辈随处可见,甚至可能自己就有点张无忌的优柔寡断,又何必去小说里找。

话说,为什么要写张无忌这样一种性格?

回头看看金庸所写的故事。

如果您熟读金庸,那么,看下面几段剧情,是何感受呢?

一个看似临危不惧、意态悠闲、只顾抽旱烟的高手,出手点穴——点歪了。

一个自称单掌开碑、手举石碑做武器的外家高手——是个随意偷墓碑的贼。

一个似乎深藏不露、闲雅自在的书生忽然出手了,原来还真是高手啊!——却被反派高手打得落花流水。

糟糕,男女主角相爱了,然而是亲兄妹!——可事实证明,他俩没血缘关系,因为女主角的爸爸其实是她的养父,而养父还是个太监!

一整本书都在说,两把武器凑齐,就能得知无敌天下的大秘密!——结果一看,凑成四个字:"仁者无敌"。

上面这些,简直就是恶搞金庸大全嘛!

然而读过的人都知道,这些情节来自金庸 1961 年的小

侠客的日常

说——《鸳鸯刀》。简直是自己拿自己开涮玩儿。

这本小说，可算作是一本迷你版《鹿鼎记》，是金庸前期小说的一个总结性解构：自嘲，调侃，解构，怀疑，结束。

金庸1955年开始写《书剑恩仇录》，陈家洛是个一心做大事，然而志大才疏的家伙。江湖门派也还算齐心合力。

《碧血剑》，袁承志也是到处解决问题，一心要报父仇，不小心就当了武林盟主的大侠。江湖门派之间有点误会，但大致都还是讲道理的豪侠。

《射雕英雄传》里，郭靖是一个质朴的好孩子，一路成长为英雄。出现的门派不多。

但《雪山飞狐》，主角看似是胡斐父子和苗人凤，其实戏份最多的倒是天龙门饮马川那一组各怀心机的小人。这时候，门派之间的尔虞我诈出来了。敢情，江湖上也挺多见利忘义的小人。

《飞狐外传》，胡斐是个正经侠客。但天下掌门人大会上，各派之间也显出恩怨情仇了。

一路下来，不难发现：主角的英雄气与慷慨豪迈，在日渐减少；江湖上门派之间的利益算计，在逐渐增长。

《白马啸西风》的李文秀是个普通人,跌进了比迷宫还复杂的人情之中。

《倚天屠龙记》的张无忌是个普通人,跌进了尔虞我诈的江湖之中。

《连城诀》的狄云是个普通人,跌进了师父师叔师伯和江湖上阴险狡诈的筹谋之中。

《天龙八部》三主角有一个是真英雄,另两个却是普通人。

《侠客行》的主角是个普通人。

《笑傲江湖》的主角是个隐士。

《鹿鼎记》众所周知。

曾经的金庸江湖是单纯的,但到了张无忌时代:说着要剿灭明教的名门正派,其实暗怀鬼胎,人人都想称霸武林。

《笑傲江湖》里,江湖门派正邪之别,就更有趣了。

君子剑岳不群实则是个大反派,他和左冷禅口口声声说自己是名门正派,却是两个大奸雄。

而一时失势的任我行击败东方不败后,复位成功,摇身一变,成为新的大魔头。

当时,令狐冲远远看着坐上了位置的任我行,寻思:坐在位子上的,是东方不败还是任我行,那又有什么区别?

当然也有看上去真靠谱的名门正派，比如少林武当。但细品之下，他们的态度也很暧昧。

青城派余沧海灭门林家，少林武当与五岳剑派没动静。江湖上说起此事时，只问辟邪剑谱下落，不问林震南夫妇。大概是觉得，人不如剑谱重要。

田伯光捉了恒山派的仪琳。令狐冲与青城派起冲突斗杀人命。少林武当与五岳剑派也没啥动静。

刘正风一家被嵩山派屠戮。气宗与剑宗在华山争执。华山派在药王庙差点被剿灭。少林武当也不动声色。

可见少林武当，并不负责仲裁武林大局。你们五岳联盟爱打打，爱杀杀，请便。

可是到了触及自身利益时，少林武当出手，而且有选择性地出手。

令狐冲被冤枉、生重病、受重伤，曾经做出力救仪琳的好人好事，少林武当也没对他认真。

令狐冲展示了独孤九剑，任盈盈表示自己钟情令狐冲。少林派忽然就表示了对令狐冲的关心，方证大师还要收令狐冲为徒，热情洋溢要传他《易筋经》。

令狐冲统辖群豪去少林寺救任盈盈，武当冲虚忽然出来跟他斗剑了，少林忽然就对邪魔外道们手下留情了。

为什么呢？

到令狐冲接任恒山掌门了，少林武当掌门忽然来了，跟他说故事了，拉拢他一起对抗嵩山派左冷禅了——原来之前给令狐冲留的面子，是起这个作用的。

后来到封禅台上，令狐冲重伤，岳不群击败了左冷禅，成了五岳剑派掌门。且看这段：

> 岳不群下得台来，方证大师、冲虚道人等都过来向他道贺。方证和冲虚本来担心左冷禅混一五岳派后，野心不息，更欲吞并少林、武当，为祸武林。各人素知岳不群乃谦谦君子，由他执掌五岳一派门户，自大为放心，因之各人的道贺之意均甚诚恳。
>
> 方证大师低声道："岳先生，此刻嵩山门下，只怕颇有人心怀叵测，欲对施主不利。常言道得好，害人之心不可有，防人之心不可无。施主身在嵩山，可须小心在意。"
>
> 岳不群道："是，多谢方丈大师指点。"
>
> 方证道："少室山与此相距只咫尺之间，呼应极易。"
>
> 岳不群深深一揖，道："大师美意，岳某铭感五中。"

方证大师这会儿关心岳不群的姿态，与当年要传令狐冲《易筋经》的样子，何等相似？

令狐冲此时重伤在身，方证、冲虚怎么不去低声叮嘱了？大概因为，得忙着拉拢岳不群？

用人朝前，不用人朝后。利益使然而已。

所谓令狐冲、岳不群、左冷禅们，在武当少林眼里，那都差不多：只要不影响到他们的霸权，他们是并不关心的。

可以说，金庸后期反复陈述的，就是欲望与人心的异化，破除一切门户之见。

而这一切，都从《倚天屠龙记》开始。

某种程度上，主动归隐的张无忌，是身为隐士的令狐冲的先声。

在《倚天屠龙记》之中，江湖门派的翻云覆雨，并不比《笑傲江湖》简单：

少林寺的弃徒少年张君宝，成为震古烁今的张三丰，自立武当派。

特立独行的小东邪郭襄，成了峨眉祖师。

因为爱情，武当名门的张翠山，娶了正派眼中的天鹰教妖女殷素素——然而谢逊又曾经大笑,说殷素素性格直爽,比张翠山"这个假仁假义的张相公,合我心意多了"。

号称名门正派的少林,却组团来武当山,逼死了张翠山与殷素素。

号称名门正派的昆仑派,何足道的后辈何太冲夫妇,行事却猥琐不堪,后期惨成丑角。

号称名门正派的华山鲜于通,却是个大大的阴毒之徒。

小东邪郭襄的后辈灭绝师太,却是门户之见最重的人。

小昭一个天真无邪的丫鬟,其实却是紫衫龙王之女,终极间谍。

赵敏可以从元朝郡主变成明教教主夫人。周芷若可以从一个峨眉仙女变成大魔头。

反而是最初被目为毒蛇猛兽的明教,最后成为仁义之师,得了天下。

反转如何得来?来自于情感与欲望对人的异化。

因为爱恋,殷素素和赵敏可以过来跟随张五侠和张教主。

因为爱恋,作为间谍的小昭最后为了张无忌,牺牲了自己,于是东西永隔如参商。

因为憎恨,周芷若可以从峨眉小仙女,变成女魔头。

因为欲望,少林派空字辈三大神僧、后山"三渡",可以在明教面前厚颜无耻撒泼打滚，各种混赖不认账。

因为欲望，朱武连环庄作为大理名门后裔，可以设计坑害张无忌，无所不用其极。

当然，还有明明嫉恶如仇，但总也做不对选择的灭绝师太……

《倚天屠龙记》里充满了情感与欲望。情感与欲望可以掀动风云。倚天剑与屠龙刀只是两件兵器，却能激发那么多的恩怨。

所以张无忌是这么一个存在：他不是一个慷慨豪迈、对抗世界、一路成长的英雄。他是个运气先坏后好的普通好孩子，试图去调和世上的阴谋。

《倚天屠龙记》中，张翠山从冰火岛回到中土，惴惴于师父如何看待他不告而娶魔教女子之事。

张三丰说的一段话，可当做是《倚天屠龙记》的核心主旨，也可看做是金庸后期小说常见的主题。比如，这段话用在《倚天屠龙记》里很好，但用在《笑傲江湖》里，似乎也可以？

> 那有什么干系？只要媳妇儿人品不错，也就是了，便算她人品不好，到得咱们山上，难道不能潜移默化于她么？天鹰教又怎样了？翠山，为人第一不可胸襟太窄，千

张无忌：天降调停者　　　　　　　　　　　　　　　　　　　　　45

万别自居名门正派，把旁人都瞧得小了。这正邪两字，原本难分，正派弟子倘若心术不正，便是邪徒；邪派中人只要一心向善，便是正人君子。

所以了：张无忌的性格不够爽。但另一个好处是，他是个好孩子，没有太过分的欲望。连四女同舟何所望，也只敢在心里想一想。

恰是张无忌这样的性格，再赋予神奇的武功，可以弥合明教与六大派之间纷扰多年的阴谋诡计。

他不太英明神武，毫无枭雄气度，但因为为人宽厚，能得人心，也放手使用杨逍和范遥等，结果还促成了明教中兴。

金庸小说里，早年的传奇，歌颂慷慨豪迈的英雄；后来的传奇，慢慢描述普通人的遭遇。

张无忌就是金庸试图写的这么一个普通的好人——这性格肯定有点磨叽，让人不爽。但也就是这份和稀泥的性格，可以让他成就相对比较和谐的结局。

让张无忌、狄云和令狐冲这样恬退的性格，获得非凡的武艺与无欲则刚的性格，来平衡世间的荒乱——这其实带一点理想主义的天真。所以《倚天屠龙记》的收尾也有点乱，很难收，但也就这样了。

有的人，当小说主角就磨叽，读者代入进去不爽，但当朋友很好。

有的人，当小说主角就彪悍，读者代入进去很爽，但真有那样的朋友，估计害怕都来不及吧？

《鹿鼎记》与韦小宝

金庸小说若只论"完整地讲个引人入胜的故事",其实自第三部长篇《射雕英雄传》,便已大成。此后的卓越篇目,多有其他妙处。比如《笑傲江湖》,妙在以令狐冲一人视角,串联描绘一整个权谋世界。《天龙八部》波谲云诡、波澜壮阔,"有情皆孽,无人不冤"的悲剧氛围,极为到位。

当然,最特别的大长篇,还是金庸世界真正意义上的收尾——《鹿鼎记》。

《鹿鼎记》的神奇之处是,完全推翻了金庸之前所有武侠小说,乃至史上所有武侠小说的套路。别的主角追求一夫一妻,韦小宝公然拿下七个老婆;别的主角天下无敌,韦小宝不太会武功;别的主角慷慨豪侠,韦小宝怠懒无赖;别的主角仗义疏财,韦小宝声色犬马。别的小说里,武侠世界缤纷多彩,《鹿鼎记》里的大侠们却窝囊得多,猥琐得多,也现实得多。

简直像是武侠小说世界的《堂吉诃德》。

《鹿鼎记》实则是一本康熙朝初年迷你史，那正是中国古代史最诡异、最复杂的时段。韦小宝是扬州妓女之子，混入北京皇宫，亲历康熙朝初年种种大事，成为江湖与朝堂的多面间谍——太监、侍卫、青木堂香主、神龙岛白龙使、将军、爵爷。江湖恩仇、明清旧恨、南明各派残余势力，黑白两道乱七八糟的矛盾，集于他一人身上。

　　韦小宝是一双眼睛，借着他，我们目睹了鳌拜、康熙、索额图、明珠、吴三桂、九公主、李自成、陈圆圆、葛尔丹、苏菲亚、黄宗羲、吕留良、施琅、陈永华（陈近南）等各色历史人物，亲历了康熙平鳌拜、平三藩、取郑氏、订《尼布楚条约》等历史事件……

　　而这一切历史背景，始终是以嬉笑怒骂的方式展现出来的。更有不少历史事件，如擒鳌拜是韦小宝帮的忙、平吴三桂是韦小宝献的计、顺治是韦小宝救的、桑结和葛尔丹是韦小宝哄退的，更有陈圆圆亲自唱《圆圆曲》、韦小宝策划俄罗斯猎宫之变、韦小宝吵架搞定《尼布楚条约》这种种神来之笔。

　　小说中有一幕，九难身为明朝公主，控制了李自成与吴三桂，旁边还有陈圆圆。阿九说很巧，这屋顶下云集了古往今来第一大汉奸、古往今来第一大反贼。韦小宝逗趣，说还有古往今来第一美人和古往今来第一高手。阿九一笑,说还有你这古往今来第一小滑头。

韦小宝的确是古往今来第一小滑头。整本《鹿鼎记》,也便是这么一份亦庄亦谐的劲头:天下大事,都是个小混混在左右。

大概《西游记》里,让猴子与猪扶保高僧取经,也就这么个喜剧效果了。

——再便是,《鹿鼎记》人物的对白刻画,实是到了随心所欲的如意境界。茅十八的鲁莽,鳌拜的跋扈,海公公的阴森,陈近南的慷慨豪侠,李西华的一心报仇,胡逸之的痴情,李自成的豪迈,那都刻画得入木三分。甚至一些闲笔段落,也已经随心所欲了。

比如这一段韦小宝写字:

> 伯爵大人从不执笔写字,那亲随心中纳罕,脸上钦佩,当下抖擞精神,在一方王羲之当年所用的蟠龙紫石古砚中加上清水,取过一锭褚遂良用剩的唐朝松烟香墨,安腕运指,屏息凝气,磨了一砚浓墨,再从笔筒中取出一枝赵孟頫定造的湖州银镶斑竹极品羊毫笔,铺开了一张宋徽宗敕制的金花玉版笺,点起了一炉卫夫人写字时所焚的龙脑温麝香,恭候伯爵大人挥毫。这架子摆将出来,有教:

钟王欧褚颜柳赵，皆惭难比韦小宝

这段在戏仿谁呢？

  案上设着武则天当日镜室中设的宝镜，一边摆着飞燕立着舞过的金盘，盘内盛着安禄山掷过伤了太真乳的木瓜。上面设着寿昌公主于含章殿下卧的榻，悬的是同昌公主制的联珠帐。宝玉含笑连说："这里好！"秦氏笑道："我这屋子大约神仙也可以住得了。"说着亲自展开了西子浣过的纱衾，移了红娘抱过的鸳枕。于是众奶母伏侍宝玉卧好。

——《红楼梦》

  如果说，《射雕英雄传》还在试图讲好一个完整紧凑的故事，《笑傲江湖》试图勾勒一个权谋江湖，那么《鹿鼎记》已经是讲好一个故事的同时，解构已有文本、戏谑表现历史、顺便游戏文字了。举重若轻，游刃有余。

  这一切，都体现在韦小宝这个角色身上。

  金庸先生在《鹿鼎记》的后记里，说过这么一段：

有些读者不满《鹿鼎记》，为了主角韦小宝的品德，与一般的价值观念太过违反。武侠小说的读者习惯于将自己代入书中的英雄，然而韦小宝是不能代入的。在这方面，剥夺了某些读者的若干乐趣，我感到抱歉。

的确，乍看，韦小宝不适合代入。小流氓，小无赖，武功不高，手段低劣，油腔滑调……

然而，这些其实都只是表面。

《鹿鼎记》中，韦小宝韦爵爷纵横天下。康熙皇帝，俄罗斯沙皇，平西王吴三桂，神龙岛洪教主，权臣鳌拜，天地会陈近南，大明长公主——多少人都拿他没辙，任他多面间谍，见人说人话，见鬼说鬼话。

但他从头到尾，身为多面间谍，居然做到大节不亏。不卖国，不卖友，对师父陈近南和好友康熙，都周全到了。

《鹿鼎记》里，韦爵爷的师父多得不得了——陈近南、阿九、洪教主和夫人等——但韦爵爷到最后，武功也稀松平常。可是陈总舵主和阿九都承认过，韦爵爷虽然有些油腔滑调，依然不失为一个好徒弟。

那实在是聪明极了。

王晶导演、周星驰主演的电影《鹿鼎记》里，陈近南对韦小宝表达这个意思：读过书明事理的人，找不到了。天地会只好用一些蠢一点的人。对付那些蠢人，就绝对不可以跟他们说真话。

他跟韦小宝说的真话是：别人抢走我们的银两跟女人，所以我们……

韦小宝就明白了：就是要夺回银两和女人，其他口号都是脱了裤子放屁关人鸟事。

这段话极为精彩。真所谓君子喻于义，小人喻于利——陈近南一说，韦小宝就懂了。

这段话不见于原著，但《鹿鼎记》本就好在颠覆。电影版不拘泥于台词，也行。因为韦小宝的确也就是这样的。

他武功一般，但深知利益的好处，深知人情世故的规则。故此，他虽然粗鄙无文，但一边讲义气，一边舍银子，如此无往而不利。

至于具体的套路嘛，韦爵爷也不止一次，显示出来了。

小说《鹿鼎记》有一处旁白，说索额图"生长在官宦之家，父亲索尼是顾命大臣之首，素知'揣摩上意'是做大官的唯一诀窍"。

索额图要靠官宦之家的资历懂得这个道理。韦小宝却提前懂得了。

当日康熙和韦小宝联手偷袭，刺擒了鳌拜。回头康熙若无其事地跟韦小宝说：鳌拜每天在康亲王府里胡说八道，说我背后戳他一刀。

韦小宝立刻跳起来说：这一刀是奴才戳的，与皇上无关！

康熙很高兴，点头道："这事由你认了最好。"

康熙又说："你去康亲王家里瞧瞧，看那厮几时才死……我只道他中了一刀转眼便死，因此饶了他性命，没料到这厮如此硬朗，居然能够挺着，还在那里乱说乱话，煽惑人心，早知如此……"这个省略号意味深长。

韦小宝立刻道："我看他多半挨不过今天。"——之后便是韦小宝去康王府杀鳌拜的事了。

如此懂得"揣摩上意"，康熙怎会不喜欢他？

当然，韦小宝虽是天才，却也不是无师自通。他刚和康熙结交时，听康熙说要跟他做朋友，很是高兴。当时海公公疾言厉色，说了一段"真理"：

我有一句话，你好好记在心里。今后皇上再说跟你是朋友什么的，你无论如何不可应承。你是什么东西，难道真的能跟皇上做朋友？他现下还是个小孩子，说着高兴高兴，这岂能当真？你再胡说八道，小心脖子上的脑袋。

这话韦小宝记住了。

此后只有康熙说跟韦小宝交朋友，韦小宝却一直谨慎得很：又叫皇上，又叫师父，又是鸟生鱼汤（"尧舜禹汤"的谐音），总之哄得康熙开心，自己飞黄腾达，青云直上。

除了"揣摩上意"，韦爵爷又很善于"推卸责任"。

比如他杀了鳌拜，被天地会捉住时，发觉天地会恨鳌拜，便跟着号啕大哭，说他爷爷奶奶连同爹爹，都被鳌拜杀了，就此获得了天地会诸位的同情与认可。他被阿九捉住时，为了替康熙辩白，说康熙很是圣明，把朝廷所做的坏事，又都推给被康熙擒下的鳌拜。

他被建宁公主捉住了，脱了衣服鞭打，以至于诸般不可描述之事，却跟阿九推诿：说是阿九对付了假太后，被建宁知道了，所以才连累自己。锅又甩给师父了。

他自己去攻打神龙岛，被捉住了，却推说是瘦头陀骗他来的，说陆高轩有异心，哄住了洪教主。

总而言之，韦爵爷一辈子指东打西，推卸责任；又常年身系秘密、与利益挂钩。于是任何对手捉住了他，都对他半真半假的话语半信半疑，却不敢轻易杀他。大概韦爵爷一向逢凶化吉，不靠那三脚猫的武功，却靠"我死了，你没利益；我往外甩锅不是我的错，都怪别人"。

《鹿鼎记》结尾，韦爵爷已经位极人臣了。他为了救哥们茅十八，于是杀了仇人冯锡范，来执行狸猫换太子之计。这中间，韦小宝的哥们、御前侍卫头头多隆，也无意中帮了忙。但这事毕竟没法捂下去，一条人命啊！

韦小宝就寻思：

自己去承担，不乐意；拖多隆出去，不好。但又要给康熙一个交代，嗯……

于是韦小宝派人去查，查的结果是：冯锡范府里的马夫邢四拐带姨娘兰香潜逃了，临走前杀了冯锡范。

好，有说法了，案子结了。

顺天府知府很感激：前程没受影响。

捕快头儿其实啥都知道，但既然上头犒赏丰厚，所以有天大的疑心，也不吐露半句了。

韦小宝去见康熙呈报，康熙微微一笑，说道："小桂子，你破案的本事不小，人家都赞你是包龙图转世哪。"

韦小宝还得意："那是托了皇上洪福，奴才碰巧破获而已。"

康熙哼了一声，瞪了一眼，冷冷地道："移花接木的事，跟我的洪福可拉不上干系。"

吓了韦小宝一跳后，康熙还是叹了口气道："这样了结，那也很好，也免了外边的物议。只不过你这般大胆妄为，我可真拿你没法子了。"

是啊，韦小宝如此熟练地运用了官场规则，连康熙都没法子了。

如此深谙官场规则的韦小宝，结局也是出人意料。

最初他一腔热血，想做英雄，于是加入天地会。

后来等他身历天地会、清朝、神龙教、俄罗斯宫廷、少林寺高僧等无数身份之后，见过了沧海桑田，知道了所有的争斗真相，韦爵爷决定：不干了。

因为他什么都见过了，对政治的真相一清二楚。说来说去，无非派系斗争、过桥抽板、揣摩上意、推卸责任。

一个表面地痞无赖的小滑头，其实脑子里对世情看得一清二楚的。

金庸小说第一部《书剑恩仇录》里，红花会总舵主陈家洛矢志反清，到小说结束都不曾放弃。

金庸小说最后一部《鹿鼎记》里，韦小宝当做精神父亲的天地会总舵主陈近南，逝世了。

这两位陈舵主的命运，其实也代表着，黑白分明的侠客时代结束了，接下来是清浊并收的韦小宝时代了。

《鹿鼎记》的结尾，韦小宝要归隐，黄宗羲们请他考虑自谋大事，去当皇帝。韦小宝拒绝了，说做皇帝太累了。那时他其实早已想得明明白白了。这个选择，是金庸替韦小宝做出来的，其实也可以看做金庸自己态度的改变吧。

陈近南之死与韦小宝的得志归隐，更像是传统大侠们的黄昏。家国情怀的传统侠客，到此消隐了。

而作为作者，金庸自己写了十三部小说创造了一个江湖世界，再一部《鹿鼎记》全然颠覆掉，后来者都无从措手了。

所以古龙在1970年代初说：武侠小说非得变了——我觉得，是因为金庸已经通过《鹿鼎记》，把一条路给写绝了。

大概到最后，陈总舵主的时代已经结束，韦小宝左右逢源获得了一切又看穿了一切后，选择归隐。

《鹿鼎记》结束了，一整个侠客时代，也就结束了。

临了，说点稍微快乐的事吧。

金庸小说里爱写痴情人的不完满与遗憾。但《鹿鼎记》既然是解构以往套路的喜剧，所以连痴情人都有好结果。

美刀王胡逸之，看着乡巴佬一般的小老头儿，其实身负绝代武功，却又偏偏对天下第一美人陈圆圆一片痴情，老来犹且如此。

他的痴劲儿，到了这般地步，竟能记住这种细节："这二十三年之中，跟她也只说过三十九句话。她倒向我说过五十五句。"

吴六奇试图劝他，胡逸之如是说："吴兄，人各有志。兄弟是个大傻瓜，你如瞧不起我，咱们就此别过。"

这是一份不听人劝的痴，带着一份傲然意气。

他的结局呢？

《鹿鼎记》里如是写道：韦小宝劝阿珂不必担心，说她母亲不论到了什么地方，那百胜刀王胡逸之一定随侍在侧，寸步不离，又说道："阿珂，这胡大哥的武功高得了不得，你是亲眼见过的了，要保你母亲一人，那是易如反掌。"阿珂心想倒也不错，愁眉稍展。

韦小宝忽然一拍桌子，叫道："啊哟，不好！"阿珂惊问：

"什么？你说我娘有危险么？"韦小宝道："你娘倒没危险，我却有大大的危险。"阿珂奇道："怎么危险到你身上了？"韦小宝道："胡大哥跟我是八拜之交，是结义兄弟。倘若他在兵荒马乱之中，却跟你娘搂搂抱抱，勾勾搭搭，可不是做了我岳父吗？这辈分是一塌糊涂了。"阿珂啐了一口，白眼道："这位胡伯伯是最规矩老实不过的，你道天下男子，都像你这般，见着女人便搂搂抱抱、勾勾搭搭吗？"

——虽是调笑，但隐隐约约也算是给了陈圆圆与胡逸之一个归隐的结局。

挺俗气，但再俗气的喜剧，总也好过凄婉的悲剧吧。

鸠摩智的执着

金庸小说里,经常有个武功高绝的大魔王,担当主角的终极对手。《射雕英雄传》是西毒欧阳锋,《神雕侠侣》是金轮法王,《书剑恩仇录》是张召重,《碧血剑》是玉真子,如此不一而足。与主角缠斗多次,阴影覆盖着读者的视野。

倒是《天龙八部》,好像没这么一个镇场反派?

一方面大概因为,扫地僧实在高出其他人太多,以至于大家都懒得想终极魔王是谁了。一方面大概因为,三兄弟自己就武功高绝;反过来,厉害反派就那么几位:丁春秋、慕容复武功都不错,但这俩加上游坦之,也拿不下萧峰。更不用提之后这二位各自被虚竹和段誉,打得屁滚尿流了。

思来想去,武功最强的反派,还真是大轮明王鸠摩智。

——哪位立刻会说了:

可是明王这个和尚……似乎也不是纯粹的大恶人?

为了铺垫明王,《天龙八部》煞是用心。

小说前九回写完,出场的最高手,乃是保定帝段正明与大恶人段延庆。第十回,段誉来到天龙寺,忽然发现有五个前辈,每位起码跟保定帝武功一个级别。可是这六位聚在一起,如临大敌,预备对抗远来的吐蕃国师大轮明王。那明王据说大智大慧,又富可敌国。连一封书信,都是金铸信笺、白金刻字。

本人真出场时,却是年少有为,四十来岁一个僧人:神采飞扬,珠玉流动。段誉一看他,就生亲近心。他比起先前出场的恶人,如容貌吓人的段延庆、岳老三,自是不可同日而语。对答之间,鸠摩智一语道破枯荣禅师所修的枯禅,"南北西东,非假非空"。须臾间,他表演了拈花指等三种武功,武功深不可测。与天龙寺六僧虚空斗刀剑,用碧烟做指示,举重若轻,也是风雅之极。

到此为止,鸠摩智真是从风范到做派,从姿态到容貌,从武功到见识,都是绝顶高手。

但这里就要涉及《天龙八部》的一个妙处了:每个人都不可貌相,甚至截然相反。

三大主角不提了。玄慈方丈看似温厚,其实既是带头大哥,又有风流的一面;段延庆看似面无表情恶贯满盈,其实内心另有痛楚,也有天龙寺外一段因缘;慕容复看似风流潇洒,其实背负着王霸雄图;康敏出场时是冷淡的寡妇,其实内心另有一番模样；阿紫出场时是个甜美的小姑娘，但她露出狡猾残忍的一面时，令人大感恐惧；她师父丁春秋外貌鹤发童颜，却是江湖上人见人怕的魔头。

同理，鸠摩智出场时极尽富贵潇洒、渊博典雅，但之后的所作所为，便让人大大的不以为然：

鸠摩智突袭保定帝，与段誉交手，又活捉段誉。捉走段誉后，逼他拿出六脉神剑剑谱来。若其不然，就要把他烧了。

——这时显出来了，原来明王贵为国师，看似大智大慧、四大皆空，骨子里却是个奸诈贪婪之人。尤其讽刺的是，一个和尚，说着非假非空，贪嗔痴一样不缺，而且贪多嚼不烂：武功那么高了，为什么还贪六脉神剑呢？

之后便是明王与段誉的苏州历险记。看阿朱阿碧，轮番出场耍弄国师。两个苏州小姑娘伶牙俐齿，搞得明王没法子。这里倒显出明王的风度：他是坏人，但不是穷凶极恶的坏人。对崔百泉和阿朱阿碧们，他也算客气。最妙的细节是，阿朱阿碧救了段誉后，明王驾船来追——他一个吐蕃人，哪里会在江南水乡划船？但须臾之间，就学会了。当时阿碧感叹一声："这个大师父实头聪明，伊不会格事体，一学就会。"

下次明王再出场时，已是珍珑棋局了。那场棋局，丁春秋是大恶人。对比起来，明王反而老老实实，也没做啥坏事。接着便是明王到少林寺去砸场子，号称自己会七十二般绝技，想一个人挑了少林。他本来七十二般绝技表演得好好的，结果虚竹横空出世搅了局。

于是明王又和虚竹打了一场：打到后来，急了，一匕首偷袭了过去——又是潇洒了半天，急了便撒泼。和他当年天龙寺偷袭，一模一样。

再之后，就是明王出现在藏经阁，与慕容博一吹一唱。之后他又偷袭了段誉一次，然后跑路了。

至此，大轮明王鸠摩智，与三兄弟都打过交道了，还大玩偷袭——可是，为什么没显得那么邪恶呢？

大概因为，明王出场，从头到尾，没有杀过一个人。

大概也因为，比起如丁春秋是纯粹的邪恶，明王更像个贪得无厌的武痴。他抢走游坦之的《易筋经》，却也没下杀手。他对段誉威逼利诱，但到底也没真伤了段誉性命。

明王在原著里的收尾，颇有戏剧性：慕容复前脚把段誉扔进井里，又气得王语嫣投井，明王后脚出来嘲讽慕容复："假惺惺，伪君子！"

随即一连串打斗，明王拿下了慕容复。代入段誉视角的读者，还会觉得痛快解气呢！

之后明王为了《易筋经》，掉了井，陷进淤泥，走火入魔，武功全废。

一身的贪嗔痴，将一个绝顶聪明人，送到了绝境。

《天龙八部》里，每个人多少都是被自己的情孽所苦。逍遥三老为了爱哭着笑着死了。段正淳为自己的新欢旧爱死了。包不同为自己对慕容氏的忠诚死了。萧远山和慕容博是经过了扫地僧的点化，才王霸雄图血海深恨归于尘土：那是要死过一次，才能醒悟的。

大轮明王鸠摩智，也算是在井底死了一次，然后醒了。当他苦练一生、放不下的武功消失后，他忽然悟了："如来教导佛子，第一是要去贪、去爱、去取、去缠，方有解脱之望。我却无一能去，名缰利锁，将我紧紧系住。今日武功尽失，焉知不是释尊点化，叫我改邪归正，得以清净解脱？"

段誉问他要不要回吐蕃，鸠摩智道："我是要回到所来之处，却不一定是吐蕃国……老衲今后行止无定，随遇而安。心安乐处，便是身安乐处。"

比起疯了的慕容复、被囚的丁春秋，明王这个结局，真是不坏了——大概因为他本也坏不到哪里去，所以幡然悔悟之后，结局也不错。

这里得跑个题，说下明王的原型。
明王的原型不少，但首要原型，是著名高僧翻译家鸠摩罗什。佛教翻译史上，足以与玄奘法师齐名的大人物。"色不异空，空不异色；色即是空，空即是色"这样优美的翻译，就是他做的。

大概在金庸笔下，僧人犯一点清规戒律，并不是什么无可挽回的错误——虚竹犯遍了戒，但我们知道，他骨子里是个好和尚。明王鸠摩智嘛，大坏事，他没做，主要犯的，也就是贪嗔痴。搁一般武林人物，这不算太大的事，只是出在他这样大智慧的名僧身上，会让人感慨他怎么放不下。到最后，自食其果，他真的放下了，大家也就接受了。

也因为，或多或少，我们都曾经当过鸠摩智，体验过那份贪嗔痴吧——"我就是想要那个武功秘籍，就是想当天下第一，我武功厉害就是要显摆给人看！"道理都明白，不一定过得了这一关就是了。

所以，鸠摩智的命运，也算是《天龙八部》众生相的一个典型：人不可貌相，看似平和，内心却被执着所牵；道理都懂，然而一旦着急，便失理智；终于他所练的武功和内心的执着，将自己带入淤泥绝境，泥足深陷后，武功全失，人也忽然开悟解脱了。

如前所述，鸠摩智的原型，是历史上的高僧、大翻译家鸠摩罗什。他曾说过这么一句："譬如臭泥中生莲花，但采莲花，勿取臭泥也。"

——小说里，鸠摩智自己就是在井底臭泥中丢了武功，却反而悟透了，于是出淤泥而不染，身安乐处便是心安乐处，果真成了一朵莲花。

李文秀：偏偏不喜欢

> "那都是很好很好的，可是我偏不喜欢。"
> ——《白马啸西风》

话说，这句台词，可能比小说本体情节还有名。我猜有许多读者，可能没读完《白马啸西风》，除了李文秀外，也不知道这部小说都有谁，但知道这句话。只因这句话确实意味深长，凝容了世间至理。

更妙的是，这一句台词，救活了一整部小说。因为最初连载版《白马啸西风》，根本没这句话，这是后来的修订版改出来的。

这一出来，整部小说的主题都突然扭转。

连带李文秀这个角色，一起光彩夺目，熠熠生辉。

《白马啸西风》，如今通行版本的剧情，众所周知：白马李三夫妻逃亡沙漠，死于非命，藏宝图被女儿李文秀连白马一起带走了。

李文秀被计老人收留，被计老人抚养长大，在哈萨克部族长大。

李文秀爱上了当地人苏普，但苏普的爸爸苏鲁克出于偏见，阻挠了这段感情。

李文秀救了心计深沉的华辉（瓦尔拉齐），为他取出毒针，华辉教了她武功。

李文秀救下苏普和其心上人阿曼，成全了他们的爱。大家一起去找迷宫。

李文秀在迷宫遭遇华辉，得知华辉实是本族人，不容于本族，去了汉人那里学了武功；他的徒弟马家骏阻止了他毒杀全族。马家骏乔装成了计老人。

华辉与马家骏同归于尽，李文秀救下所有人。苏鲁克的偏见也消解了。

最后他们发现迷宫之中实则并无宝藏，只是中原诸般寻常器物。"桌子、椅子、床、帐子，许许多多的书本，围棋啦、七弦琴啦、灶头、碗碟、镜子……什么都有，就是没有珍宝。"只因高昌国当年不肯臣服大唐，"野鸡不能学鹰飞，小鼠不能学猫叫，你们中华汉人的东西再好，我们高昌野人也是不喜欢。"于是将唐太宗所赐的书籍文物、诸般用具以及佛像、孔子像、道教的老君像等都放在迷宫之中，谁也不去多瞧上一眼。

李文秀的师父与保护人都死了。她得到了部族的尊重与认可，但没得到爱情。她孑然一身，骑白马回中原。

终于："那都是很好很好的，可是我偏不喜欢。"

三联版剧情很清晰。

而当初的连载版，说实在话，有些紊乱。

以至于倪匡还是哪位先生评点过，原版李文秀这个人物，"不通"。

原版与三联版不同之处，包括但不限于：

连载版的陈达玄，三联版改为陈达海。

连载版的夜莺，三联版改为天铃鸟。

连载版苏鲁克和阿曼都遭到毒手，三联版都被李文秀救下来了。

连载版迷宫里是有财宝的，三联版没了。

连载版计老人即马家骏，其实有点鬼心思，三联版他单纯得多了。

连载版李文秀甚至不无"阿曼死了，苏普又归我了"的念头，三联版李文秀却单纯多了。

改动之前，连载版《白马啸西风》，是一个尔虞我诈、结局悲惨的故事：

马家骏害了华辉，却舍不得宝藏，才留在原地不走；苏鲁克和阿曼死了——很阴暗的一段情节。

所以连载版结局时，李文秀的感慨是这样的："迷宫是容易捉摸得多了。谁能想到，驼背的计爷爷只不过三十来岁？谁又想得到，一对本来情若父子的师徒，竟会翻脸成仇？大家受了无穷尽的苦楚，到头来终于一无所得，一齐丧生于迷宫之中！可是马大叔确实待我很好的啊。我师父也是个坏人，可是他待我也很好。苏普是很好的好人，但他只想到阿曼。"

白马的骏足带着她一步步回到中原。那可是一个比迷宫凶险百倍、难走百倍的地方……

看这段，熟悉的读者一定感觉出来了：这份尔虞我诈、人心难测，不就是《连城诀》的感觉吗？李文秀不就像是被师父戚长发利用的狄云吗？

在原连载版故事里，李文秀更像是用来见证华辉与马家骏恩怨的视角，目睹各色阴谋诡计，还一直想被动地等待苏普。

经过修订后，李文秀有了更多自主的选择：她不顾偏见，救了苏鲁克，也救了阿曼，成全了阿曼与苏普。

李文秀：偏偏不喜欢

修改后的马家骏，似乎也变得更单纯：他乔装改扮留在原地，不是贪恋财宝，只是惧怕华辉。最后他也是为了李文秀而死。

　　这一处修改，实是神来之笔：马家骏与李文秀之间，有了隐约的感情线。

　　　　马家骏没回答她的问话就死了，可是李文秀心中却已明白得很。马家骏非常非常的怕他的师父，非但不立即逃回中原，反而跟着她来到迷宫；只要他始终扮作老人，瓦耳拉齐永远不会认出他来，可是他终于出手，去和自己最惧怕的人动手。那全是为了她！
　　　　这十二年之中，他始终如爷爷般爱护自己，其实他是个壮年人。世界上亲祖父对自己的孙女，也有这般好吗？或许有，或许没有，她不知道。

　　一点小改变，马家骏忽然就从原著一个藏头露尾的角色，变成了堪称男版程灵素的深情者。

　　连载版里，夜莺鸣叫。马家骏曾跟李文秀说了这个故事："又有些哈萨克人说，这是草原上一个最美丽、最会唱歌的少女死了之后变的。她的情郎不爱她了，她伤心死的。"李文秀迷惘地道:"她最美丽,又最会唱歌,为什么不爱她了?"马家骏"突然间又是脸色大变,大声说道:'她这样美丽,为什么不爱她了?'这几句话说得甚是突兀,又将李文秀吓了一跳"。

修改之后,夜莺改成了天铃鸟。马家骏的态度也只是出了一会神,长长地叹了口气,说道:"世界上有许多事,你小孩子是不懂的。"这时候,远处草原上的天铃鸟又唱起歌来了。

修改之后,马家骏对李文秀,是真的很温柔。

而我们也知道,这段关于天铃鸟的对话,其实也预言了他俩各自的命运。

经历这些改动之后,三联版的《白马啸西风》,整个格调都变了:马家骏心爱李文秀,却不能表白;李文秀心爱苏普,却终于成全了苏普与阿曼。

大家追求的宝藏,其实到手成空;譬如高昌国知道大唐的宏伟,却终于不肯学。

命运一环套一环,每个人都命数无常,坚持着自己的坚持,于是走出那样一个结局。

连载版本的主旨下,李文秀是迷惘的:她在旁目睹一切,深觉人心比迷宫更难捉摸,江湖比迷宫凶险百倍。仇杀完了,都死了，结束。

李文秀只好去江南，离开一段恩怨，又去迎接新的恩怨。

改动后的版本，李文秀从一个迷惘的旁观者，变成了一个足可与骑驴走天涯的郭襄并列的，深情又勇敢的女孩子。

她自己选择了自己的命运，选择了救助部族，成全爱侣，成为部族感恩的女侠，却也失去爱自己的人。

于是忽然就多出了命数无常、所爱非人的无奈，以及一份温柔的坚定。

结局，她离开一片和睦的部族回归江南，对这一切都有清晰的认知，这是她自己走的路，虽然执拗又凄凉、感伤又无常。于是一句话点了题："那都是很好很好的，可是我偏不喜欢。"

令狐冲、林平之与狄云：主角光环的有和无

《笑傲江湖》中，令狐冲刚登场时是一个好酒疏狂的华山派弟子。爱喝酒，热心肠，也爱得罪人。他救了衡山派的仪琳小师妹，惹恼了青城派的诸位爷；他与田伯光算是欢喜冤家，一门心思爱小师妹。到此为止，无足轻重。除了身负一本《笑傲江湖》曲谱，别无其他。

当其在华山之顶思过时，何等寂寞？来看他的，也只有田伯光，与他所扛的那坛美酒。

忽然之间，他遇到了一连串的小概率事件。

风清扬现身，教了他无差别破一切招式的神功——独孤九剑。

被任盈盈爱上，于是先被任盈盈手下一干英雄豪杰赶着拍马屁，又被向问天和任我行追着请他加入日月神教。

靠着独孤九剑行侠仗义，于是先被恒山派请去做尼姑掌门，再被少林方证和武当冲虚两位大宗师拉拢，被任我行拉去

破了日月神教，杀了东方不败，在封禅台前也左右逢源。

甚至结尾处，任我行都要求他做日月神教副教主。那真是一朝走上人生成功道路，前呼后拥威风浩啊。

然而……这一切是怎么来的？

他能一路不死，还得到向问天的关爱、恒山与武当的赞美，是因为风清扬白送他的独孤九剑。

任盈盈手下那些英雄豪杰，是冲着圣姑爱上令狐冲，来拍马屁。

方证与冲虚二位最微妙：令狐冲之前落难时，他二位影踪未见；等发现令狐冲身怀独孤九剑，又被岳不群逐出门墙，与魔教圣姑又有微妙关系时，便一起来帮忙了。

当然，令狐冲自己也确实处理得不错：他待人坦率，为人潇洒，所以许多开始是冲着利益来找他的人，慢慢也真喜欢上了他，最后还成了真朋友，比如向问天。

但说令狐冲能一路杀将过来，靠的是独孤九剑和圣姑垂爱这两个幸运主角光环，大概也没错。

如果没有主角幸运光环，令狐冲在《笑傲江湖》的剧情走向里，已经死过多少次了呢？

如果没有曲洋和曲非烟恰好在旁边看着，令狐冲在回雁楼，就被青城派那几位所谓"狗熊野猪青城四兽"杀死了。以后，江湖上也不再有他什么事。岳不群继续阴谋对付左冷禅，任我行继续在西湖底枯坐，东方不败继续和杨莲亭过恩爱生活。

如果没有莫大先生突然出面相救，令狐冲和仪琳二人也早就被嵩山派的费彬杀死了。以后，江湖上也不再有他什么事。岳不群继续阴谋对付左冷禅，任我行继续在西湖底枯坐，东方不败继续和杨莲亭过恩爱生活。

如果没有风清扬天降神兵般的相救，还赐予独孤九剑这种几天就能学完、从此天下无敌的剑术，令狐冲早就被田伯光收拾了。以后，江湖上也不再有他什么事。岳不群继续阴谋对付左冷禅，任我行继续在西湖底枯坐，东方不败继续和杨莲亭过恩爱生活。

如果没有主角幸运光环，令狐冲在雨夜庙前、荒野郊外、雪人堆里、黑木崖上，那都死了不知道多少次了。

反过来，令狐冲能活着，是许多偶然因素促成的。按照他的脾气，武功并不算顶尖，性格又喜好自由，好酒疏狂，意气用事，嘴上不饶人，着实可爱，但在江湖上闯，早晚是个死。

能够在《笑傲江湖》那波谲云诡的世界里活下去，大多数人得改头换面，得伏低做小，得变成锯嘴葫芦，也许和莫大先生似的，拉一曲胡琴，大隐隐于市——当然，那不符合令狐冲的个性。

小说大结局，令狐冲得了好结果，还得亏他那位野心勃勃的岳父大人、大反派任我行的死。

话说，任我行的死，尤其是任我行死去的方式，极为有趣。

大反派当然是要完蛋的，但他怎么死呢？金庸专门安排，就在任我行志得意满，希望自己千秋万载一统江湖的瞬间，他死了，死在众人的歌功颂德之中，死在人生最高潮最灿烂辉煌之时，死在自己即将统一江湖的前夜，死在权力最专断的时刻。

——怎么看，都像是作者强行将他写死的。

如此这般，令狐冲的经历，是被极度理想化了：

一个隐士性格的主角，交了许多许多好运，得到了主角光环的护佑，得到了爱情、绝世剑法和内功，才得以对抗了左冷禅、岳不群这群野心家们。

这种经历，很偶然。最后，还得岳父大人自己暴毙了，才成就了令狐冲的姻缘、江湖的平安。

如果没有主角光环，又会经历如何的命运？

那就看林平之了。

如今读者看完了书，自然都说林平之是反派，但说句政治不正确的话：

直到杀岳灵珊之前，林平之并没有做什么坏事。

我们来历数林平之的所作所为：

他作为镖局少爷，出门打猎，打抱不平救岳灵珊，误杀余家子弟。

目睹青城派猫捉老鼠一般戏耍自己全家，将自家灭门，父母都被擒。

忍辱负重逃亡，又一路被木高峰和余沧海欺压。

拜入岳不群门下，但父母都丧了。

因为与岳灵珊投契，被陆大有们针对。在拥护令狐冲的读者眼里，自然觉得他是情敌，但他本身并没做错什么。

积极追寻辟邪剑谱以求报仇，这也是人之常情。

在药王庙前，他还企图一人做事一人当，来免华山派被围歼的厄运呢，那时他还是个热血良善少年。

在福建被岳不群偷袭，之后处心积虑得回辟邪剑谱。

自宫练剑，隐忍不发，为了活命，假娶岳灵珊。

封禅台下终于爆发，约余沧海斗剑，一路折磨青城派，终于杀了余沧海与木高峰，当时他瞎眼毁容，却还狂呼："我报仇啦！我报仇啦！"

到此为止,林平之究竟做错了什么?

什么都没有。

他追求岳灵珊,确实让令狐冲难过,但那是岳灵珊自己乐意的。感情这种事,愿赌服输。

自宫练剑是不大光彩,但他又没有遇到令狐冲那位风太祖师,凭空教他独孤九剑。他只能自残报仇,却也不丢人。

虐杀青城派,那是报仇雪恨,无可挑剔。

他对岳灵珊的态度很冷淡,但考虑到岳不群对他的险恶心机,考虑到他灭门的起源就是为岳灵珊出头——而且岳灵珊的确易容骗他在先——所以林平之的怀疑也非无端。

所以,直到杀岳灵珊之前,林平之都只是个不择手段的复仇少年,但绝对谈不上坏。

当然,之后金庸先生安排他做了两件不大对劲的事,使他成为无可置疑的反派。

一是杀岳灵珊,向左冷禅纳投名状。

二是与左冷禅联手来杀令狐冲。

但考虑一下:那时他眼瞎了,会辟邪剑法的事又名震天下,若不投靠左冷禅,立时便被岳不群杀了。

大概不杀岳灵珊向左冷禅投诚,他自己也活不久。

所以,他终于倒向黑暗,是因为先前累积的一切,逼迫他如此求生而已。

林平之的心路历程，却也不难把握：少年时行侠仗义一腔热血，结果这腔热血被利用了；他信赖过木高峰与岳不群，又被这两人辜负欺骗了；他只能相信弱肉强食，不惜自宫练剑，想尽一切法子活下去。

他实在是很可怜的。他行侠仗义过，命运反而嘲讽了他；杀岳灵珊投靠左冷禅——那是他当时仅有的保命之法。

他只是没有主角光环，被迫依靠些不那么光明正大的方式，复仇并活下去。

所以，《笑傲江湖》的故事，思之令人绝望：我们如今看到的大结局，是令狐冲走了无数次好运，尤其是遇到了任盈盈，还多少担当了方证大师和冲虚道长的棋子，才算有一个喜剧结尾。

若非主角光环存在，那么《笑傲江湖》真正的赢家，是岳不群和任我行这种野心家，是左冷禅这种权力狂。

即，在一个尔虞我诈、一切上层为权力疯狂，逼迫你站立场的世界里，你得有令狐冲这么多的好运气，不断逢凶化吉还凭空获得神功异能，加上一个神通广大的恋人，才可能享有一点点的幸福和自由。

而林平之，一个没有主角光环，没有天降神功、豪强垂青，被迫靠自己打拼的少年，只能靠伏低做小、自宫练剑，杀妻投效，才能死里逃生，报仇雪恨。

有趣的是，后来令狐冲在华山山洞的黑暗中，也曾提剑乱杀人，以至于一度还怕自己暗中误杀了任盈盈——那是因为他想明白了："是了，今日的局面，不是我给人莫名其妙地杀死，便是我将人莫名其妙地杀死。多杀一人，我给人杀死的机会便少了一分。"

——林平之的所作所为，只因为他始终处于这种"我不杀人，人便杀我"的黑暗之中。

所以，人经历得越多，越没法对林平之太苛责。他是反派，但他很可怜。

就像，我们没法站在令狐冲角度，对林平之居高临下地说："你干吗要自宫才能报仇呢？等着有人教你独孤九剑就好了啊；你干吗不信任别人呢？你看圣姑就对我一见钟情了啊；你干吗不相信岳灵珊呢？虽然她第一次见面就骗了你，导致你家人的悲剧，但她对你还是真心的啊！"

而一个没有主角光环的令狐冲？

那就是《连城诀》里的狄云了。

与令狐冲一样，狄云被冤枉偷了东西，蒙冤不白；狄云失去了他的戚芳，恰如令狐冲失去了岳灵珊；狄云遇见了他的水笙，恰如令狐冲遇见了任盈盈。

他也被师父背叛了（狄云被戚长发背叛，令狐冲被岳不群背叛），也遇到了教他神功的人（狄云遇到了丁典，令狐冲遇到了向问天），也一起跟邪派人士逃亡被追杀（狄云遇到了血刀僧，令狐冲遇到了向问天），最后也都武功冠绝当世，最后也都归隐江湖。

当然，令狐冲还更昂扬一点，还能与岳不群、左冷禅这些枭雄们斗，还能对任我行的威胁不卑不亢。

狄云却是一个再普通不过的普通好人。

金庸小说里，《连城诀》大概是读来最憋屈的一本。

金庸小说的主角，多半有段武功大成前四处受气、武功大成后扬眉吐气的经历，甚或还要改天换地，左右天下命运呢。

只有狄云。明明身负血海深仇，可是他武功大成到天下无敌后，只做了两件事：

一是自保，保证自己从雪谷活着出来。他甚至没有杀奸恶的花铁干,没有带走眼看要成为自己女朋友的水笙,就是独自走了。

二是查明真相(给读者看),并目睹悲剧发生。最后他甚至还想救人,却救不下。终于自己师父师伯师叔死了,戚芳死了。他武功盖世,却谁也救不了,只能带着空心菜,绝足江湖。

《连城诀》的故事,参照了两处经典小说情节。

前半段蒙冤入狱、被高人指点,那是参照了《基督山伯爵》。后半段则掺杂了爱伦·坡的砌墙藏尸故事。

然而这两处经典情节,都有强烈的复仇色彩,狄云却没有。他开场时是一个朴实的乡下人,到最后都是如此。他只是旁观了世道人心的险恶,旷世武功只是让他得以自保,有能力看清一切,终于绝意江湖。

所以,比起其他人,狄云大体是一个,受苦受难的旁观者。绝世武功只是保证他不死罢了。某种程度上,他结束了金庸前期搅弄风云的大侠做派,却是后来"令狐冲们"的先声。

金庸开写《书剑恩仇录》时 31 岁,写《碧血剑》时 32 岁,写《射雕英雄传》时 33 岁。

那时他笔下的人物,还都有武功高绝、改天换地之势,一跺脚江湖震动。陈家洛和袁承志都目标明确，郭靖在小说结尾有些迷惘，但大体还是坚定的。

金庸到37岁写《倚天屠龙记》时，张无忌性格已经温吞了，开始有内心斗争与挣扎了。

之后的《鸳鸯刀》，带有自嘲色彩，是本"小《鹿鼎记》"。结尾更是一个大玩笑：无敌于天下的秘密，无非是一个口号，"仁者无敌"，其实没啥鸟用。

《白马啸西风》，更是一片无可奈何。

到写《连城诀》时，金庸39岁了。年近不惑了。

《连城诀》的同年，他开始写《天龙八部》。很巧的是，《连城诀》和《天龙八部》，基本是金庸小说最悲凉的两部，主角都受了巨大的委屈。

之后的《笑傲江湖》，更是有两个命运相辅相成的人。

林平之，急于复仇，迫于生存，为了在江湖上活下去，只能不择手段，终于武功有了，仇也报了，人也毁了。

令狐冲与狄云一样受了委屈，但也因祸得福得到了绝世武功。当岳不群与左冷禅争夺五岳盟主、任我行悍然复位时，令狐冲出来改变了形势。

所以《笑傲江湖》从林平之那一面看，很黑暗；从令狐冲这一侧看,则是个童话。

《连城诀》则是一个结尾不那么浪漫、更现实的《笑傲江湖》。

幸运的人未必都需要对不幸的人抱有愧怍之心,但也不该对大不幸的人过于苛刻。

毕竟,幸运如令狐冲这样的角色多半生活在童话里,而我们大多数人能有狄云那样,已经算不错了:比起精通独孤九剑和拥有圣姑垂青的散仙令狐大哥,狄云则纵然学得绝世武功,又洞悉了真相,却也只能勉强保全自己,很难去改变些什么。

慕容复的结局

慕容复,复兴燕国的复。

连名字里都被灌输了王霸雄图,想来也是活得很辛苦。

《天龙八部》后期,慕容复曾试图去西夏当驸马,以求借兵复兴燕国,未遂;又试图跟随段延庆,胁迫段正淳,先在大理称霸,再复兴燕国。

他麾下的包不同当时说穿了他的想法:"你是想今日改姓段氏,日后掌到大权,再复姓慕容,甚至于将大理国的国号改为大燕;又或是发兵征宋伐辽,恢复大燕的旧疆故土。"

这听着很异想天开,却也有历史原型。

当年前秦苻坚手下,也有过一个逃亡来的将军;当日人人反对苻坚征东晋时,这个将军却赞同,劝苻坚自己拿主意,何必问群臣。苻坚大喜,于是打东晋,遭遇淝水之战,风声鹤唳草木皆兵,大败而归。这个将军随即脱离前秦,趁乱自立,建立了后燕。

那就是慕容复他爹慕容博念叨过的,慕容一族史上赫赫有名的慕容垂了。

慕容垂生平恨事,是后来著名的参合陂之战:北魏击败后燕。小说里慕容复的燕子坞参合庄,典故在此。大概起名叫参合庄,也是要慕容复不忘故国之耻。

回思慕容复这一路成长,背着一个复国的名字,出入着"勿忘前耻"的庄子,确也辛苦得很。

《天龙八部》整本书,都在讲兵者是凶器,圣人不得已而用之;也讲欲望对人的异化。

身陷家族历史,放不下的自尊,走不出的执念,让慕容复不知不觉,成为《天龙八部》三大主角的镜子——

慕容复是落魄王孙,汲汲于复国,不择手段,舍弃王语嫣——段誉是正经王子,根本不在乎王位,只想爱他的王语嫣。

慕容复一心要收罗灵鹫宫门下群雄,还想去西夏求亲——宅心仁厚的虚竹,不小心就得到了慕容复想要的灵鹫宫和西夏驸马之位。

慕容复一心复国,不惜鲜血荼毒,结果一无所成——而萧峰无心插柳地成为辽国南院大王手掌兵权,却并不想穷兵黩武。

苏星河的珍珑棋局，算是一面镜子，很能映照出每个参与者的心魔。

慕容复曾在面对棋局困境时，心魔作祟，一时想自尽——那也确是被王霸雄图，复国执念，折磨得要疯了。

本来他父亲慕容博被扫地僧说通了，开悟了，出家了，对慕容复来说，本是一个解脱的契机，他可以从此自由，但他还是背负着兴复燕国的希望，继续走了下去，不断地与三兄弟碰撞，终于导致悲剧的结局。

慕容复去西夏求亲时，酒罢问君三语，他被问到：生平最爱的人是谁，最快乐的是什么时候。慕容复却回答不出。

他一生营营役役，不断为兴复燕国而奔走，可说从未有过什么快乐之时。别人瞧他年少英俊，武功高强，名满天下，自必志得意满，但他内心，实在是从来没感到真正快乐过。

他没有什么最爱之人，而他最快乐的时光则是："要我觉得真正快乐，那是将来，不是过去。"

多少人其实都如慕容复这样，一时想不出最快乐的时光，只想着将来？

更有多少人想到一生中最快乐的时光，得追溯到少年不懂事的时候;成年之后,满心忧患思虑,来不及快乐了。

慕容复大概在家族重压之下,也已忘记了快乐,总是想着"要我觉得真正快乐,那是将来,不是过去"。

终于《天龙八部》结尾,背负了祖祖辈辈宏大理想的慕容复疯了。段誉看在眼里,悟出各有各的缘法。

似乎那也是慕容复唯一的出路:现实世界里,他背上了绵延七八百年的魔咒,即便父亲出家了,他的姓氏,他的名字,他的庄子,依然如诅咒一般挥之不去。他为此众叛亲离,声名丧尽。

逃到虚妄的幻想中去称心如意地当帝王,才是他唯一的归宿了吧?

这里,却也有金庸先生的最后一缕温柔。

整部《天龙八部》最温柔的角色,大概便是阿碧。段誉与鸠摩智来到苏州时,她一出场,从头到尾不带半点火气,连鸠摩智都奈何她不得;她的温柔,甚至让满心杀意的过彦之心一软:"我纵能将慕容氏一家杀得干干净净,这个小丫头也得饶了。"

她再一次出场,是朱丹臣代为描述:她一边为慕容复缝衣服,一边念叨公子爷是不是不舒服。

后文更提示说，她其实是康广陵的弟子，那就是逍遥派的了。

这样温柔的江南碧色，最后陪伴着疯掉的慕容复，柔情无限。她发糖果糕饼给孩子们，请他们再来陪疯了的慕容复时，说道："大家好乖，明天再来玩，又有糖果糕饼吃！"——这一句话，便勾勒出了她与慕容复的将来。大概此后，她日复一日地，陪慕容复玩这疯子的帝王游戏。慕容复志得意满，而她也算是伴着心爱的人。

阿朱阿紫阿碧，《天龙八部》里名字带颜色的，都是爱得深沉的人。

金庸给慕容复一个阿碧，让他在幻梦里心满意足，满足自己那不可能完成的任务，这已经算是慕容复可以拥有的，最好的结局了。

武当死神俞莲舟

《倚天屠龙记》中,有武当七侠。其中武功最强的是俞二侠——俞莲舟。

他承认这点的方式,很是委婉,很体现他的性格。当日被殷素素问起,便说自家师兄弟七人各有所长:大师哥深通老庄之学、冲淡弘远,三师弟精明强干,四师弟机智过人,六师弟剑术最精,七师弟内外兼修……

被殷素素追问:"二伯你自己呢?"

俞莲舟先自谦资质愚鲁,一无所长,然后才说:"勉强说来,师传的本门武功,算我练得最刻苦勤恳些。"

殷素素笑了,点出真相:武当七侠中俞二侠武功第一,自己偏谦虚不肯说。

张翠山立刻补台:我们七兄弟之中,向来是二哥武功最好。

高手很谦虚,很低调。明明很强,也只肯说自己刻苦罢了。

俞莲舟的武功，到了什么境界呢？张翠山十年后归来武当山，看了大师兄宋远桥武功，明说了一句："义兄（指谢逊）就算双眼不盲，此刻的武功却未必能胜过大师哥多少。再过十年，大师哥、二师哥便不会在我义兄之下。"

这时已经明确预言，十年之后，宋远桥与俞莲舟，那是要直逼金毛狮王谢逊了。

果然十年之后，光明顶上。金毛狮王谢逊同一班辈的白眉鹰王殷天正，胜了莫声谷，平了宋远桥。俞莲舟更在宋远桥之上，则张无忌的二师伯，最起码是能与他外公平手的。

谢逊当日与紫衫龙王对峙时，有名言所谓"四大法王，各有所长"。但他也承认：自己有屠龙刀，方抵得过一双眼睛，于是有信心打龙王。则谢逊无刀，平手相斗，怕就要逊龙王一筹。后来张无忌战"三渡"时，选的是逍遥二使，范遥不能出战，那就请次强的外公了。

大概当时明教诸将，杨逍、范遥、殷天正是为最强。

俞莲舟武功既在宋远桥之上，则应该可能比殷天正与谢逊，还高一点。

小说里另有一个剧情，隐隐对比了俞莲舟与范遥。

少林寺屠狮大会上，宋青书号称娶了周芷若，打起架来也施展周芷若教他的功夫，大显威风。可惜张无忌对着杀师叔之仇、夺老婆之恨，却并不出手。范遥在旁观察，与张无忌商量，想好了打宋青书的必胜招式。范遥要出战时，俞莲舟却抢先出战。

范遥还需要跟张无忌确认细节，才有必胜把握，俞莲舟却成竹在胸，而且出手狠辣，实实在在地干掉了宋青书。则俞莲舟的武功，大概绝不下于范遥了。后来范遥跟少林空智惺惺相惜，彼此声称没有把握取胜，则大概俞莲舟在"二使四王"、少林方丈等这班高手里，怕是隐然可算第一人。

除了张无忌、张三丰、黄衫女子、少林"三渡"这些世外高人，当世的高手，怕也无人压得过俞莲舟了。

话说，金庸先生为何把俞二的武功写得这么高呢？

金庸先生笔下的道家，总有一个冲淡弘远、内功深厚的大师兄：比如全真教的马钰，比如武当派的宋远桥。

又有一个武功绝高、担负着推动情节使命的战神，比如全真教的丘处机，比如武当派的俞莲舟。

俞莲舟出场，就是负责护送张翠山与殷素素归来。一路艰难险阻，处理得毫无破绽。哪怕力不能敌，输给了玄冥神掌，都还是护得张翠山和殷素素周全了。

实际上，张三丰收的徒弟，也代表他的许多面。张翠山跟他学到了书法，殷梨亭学到了他的剑法，宋远桥学到了他的道术。

但张三丰是什么人？骨子里，那可是张君宝，年少时就震惊少林、单挑何足道的张君宝。是一咬牙决定不见郭襄，就一辈子不见的张君宝。

俞莲舟其实承袭了张三丰雄奇沉狠的那一面。

张三丰会心心念念，把郭襄送他的铁罗汉放在身边一百年。

俞二会在万安寺大火之中，死里逃生之余，立刻去追杀当年的仇敌鹤笔翁，给了鹤笔翁一掌：他是为自己报仇，又何尝不是为张无忌，为张翠山，为殷素素报仇？

俞莲舟想报仇时，一辈子不会忘记。

张三丰其实也欣赏俞莲舟这一点。所以俞二研制出虎爪绝户手这么残忍的招式，张三丰虽然不太喜欢，但还是跟他一起，研发完善了这套武功。

后来师徒二人，更联手完成了一件大事。

话说，宋远桥的儿子宋青书，杀了莫声谷，反出武当。如此大逆，怎么处理他，是后期武当派的一道难题。

原著里宋远桥得知真相后，立时抽出长剑宣布："三位师弟，无忌孩儿，咱们这便追赶前去，让我亲手宰了这畜生。"

张无忌追上去劝："宋大哥一时受人之愚，日后自必省悟，大师伯要责罚于他，也不忙在一时。"

宋远桥体会到当年张翠山的心情，挥剑自尽，被张无忌抢下了剑。这是自刎谢罪，姿态已经表过了。师弟张松溪只好劝说：先回去保护张三丰要紧。

——当时俞莲舟、张松溪与张无忌，都在给宋远桥找台阶下，但实情是：武当门中确实容不得宋青书了。

可是，由谁来下这个手呢？

少林寺屠狮大会，俞莲舟大战宋青书时，下手极其狠辣：先将宋青书双臂骨节寸断，然后大喝："今日替七弟报仇！"将宋青书打到头骨碎裂；当时正待补上一脚，当场送了他的性命，周芷若突然出手，救下了宋青书。

如果没有意外，俞二已经处决了宋青书。说得何其明朗，打得何其爽快！

后来瘫成废人的宋青书，被抬回了武当派。宋远桥大叫

"忤逆不孝的畜生在哪里"，本待要刺死他，但终究父子连心，舍不得下手，简直急得要自杀。

于是张三丰上来出手，让宋青书立时气绝，算是送个安乐死。

的确，此时总得有人出手。有孽有恨，都着落在自己身上吧。

这一下当断则断，算是他老人家的大慈悲了，以金刚力为菩萨行。

这里就显出，此前俞莲舟那一下的意义了：张三丰杀宋青书，给人的感觉不太残忍，是因为宋青书已被俞莲舟打成废人，张三丰只是送他上路。

宋青书其实等于是俞二杀的，只是没杀透。如此俞二杀一半，张三丰杀一半，就让宋青书的死，没那么残忍了——至少对宋远桥来说。

大概这就是俞莲舟了：

需要一个强者带张翠山、殷素素回山，就他去了；需要一个人替张无忌和张三丰处理了宋青书，就他来了。

虽是正派角色，却有沉稳与狠辣。

堪称武当死神俞莲舟。

第二辑

侠情

令狐冲与任盈盈：大盈若冲，其用不穷

许多读者爱争论一个问题：令狐冲最爱的是谁，小师妹岳灵珊还是任盈盈？——本来这并不成其为问题，但的确有许多读者认定，令狐冲真爱的是初恋岳灵珊。说起来最充分的理由，除了初恋论，便是令狐冲曾在少林寺万籁俱寂之中，听见雪花落在树叶和丛草之上，心中忽想：

"小师妹这时候不知在干什么？"

然而在小说剧情中，那时，令狐冲正组团在少林寺，想方设法救任盈盈呢。

话说，令狐冲在洛阳遇到任盈盈时，正是人生最低谷。身染重病，身背冤案，师父怀疑，师妹变心。只有任盈盈对他好——虽然他那时以为任盈盈是个婆婆。之后下了五霸冈，他纵然以为任盈盈是个婆婆，并没存男女之情，还是决意保护她。

这份感情基础是感激，是知心，是信任与交流。

待到令狐冲发现任盈盈真面目后，也惊于任盈盈的美貌，但依然是感激居多:"原来你当真是对我好,但对着那些汉子,却又死也不认。"

之后,他不知任盈盈为了他,甘愿被囚在少林寺,于是在外晃荡。待莫大先生告诉他真相时,令狐冲大叫一声,满身冷汗,手足发抖,热泪盈眶。之后他便率领旁门左道,一起围攻少林寺,救回任盈盈了。这时他的感情,还是感激为主,但已经愿意为任盈盈而一决生死了。更妙的是,这时候,他已经乐意牺牲自己的面子了:

> 他感激盈盈为己舍身,若要他为盈盈而死,那是一往无前,决不用想上一想。不过如在平日,这念头在自己心头思量也就是了,不用向人宣之于口,此刻却要拼命显得多情多义,好叫旁人不去笑话盈盈。

他愿意显得自己很爱任盈盈,以免任盈盈没面子。这点为任盈盈着想的同理心,若没有感情,是不会有的。毕竟大多数人,如果不喜欢追自己的异性,最多是有恩报恩,不会舍出自己来,"显得自己也喜欢对方"。

待令狐冲终于在少林寺里见到任盈盈时,"脑中一阵晕眩"。如果只是感激,没有喜欢与挂念,是断不至此的。在这段过程中,不知不觉,任盈盈对他的知心、安慰、鼓励与牺牲,让他心里有了任盈盈。

当然,任盈盈并没刻意用手段,甚至避开了手段。令狐冲大战岳不群时,任我行希望任盈盈对令狐冲施加影响,但任盈盈自己觉得:

"我待你如何,你早已知道。你如以我为重,决意救我下山,你自会取胜。你如以师父为重,我便是拉住你衣袖哀哀求告,也是无用。我何必站到你的面前来提醒你?"深觉两情相悦,贵乎自然,倘要自己有所示意之后,令狐冲再为自己打算,那可无味之极了。

她是对令狐冲至诚以待,爱就是爱,不求回报,也不想强迫。

对自在惯了的令狐冲来说,这份不强迫,很重要。但直到此刻,令狐冲还是对她有些隔膜的。

之后令狐冲接掌恒山派之日,情势颇为尴尬,但任盈盈来救场,替他解了围。之后更智勇双全,在悬空寺救了他。

令狐冲在这时，对任盈盈感佩之极：

其时暮色苍茫，晚风吹动她柔发，从后脑向双颊边飘起。令狐冲见到她雪白的后颈，心中一荡，寻思：

> 她对我一往情深，天下皆知，连东方不败也想到要擒拿了我，向她要胁，再以此要胁她爹爹。适才悬空寺天桥之上，她明知毒水中人即死，却挡在我身前，唯恐我受伤。有妻如此，令狐冲复有何求？

这是令狐冲第一次提到"妻"。在他心里，是把任盈盈当作自己的爱侣了。

于是他想抱任盈盈，扑了个空；任盈盈接下来反而劝他，别在意自己被逐出华山派的事，那恰是令狐冲的心事。之后俩人说了一会儿话，令狐冲有一句道："咱二人你谢我、我谢你的，干么这样客气？"

令狐冲对长辈和外人，一向客客气气；但这时候，是把任盈盈当自己人了。

到联手打完东方不败后，令狐冲告辞。这里一段话，是定情了："我这就向你告辞。嵩山的大事一了，我便来寻你，自此而后，咱二人再也不分开了。"

这是历经患难,同甘共苦之后的情愫。

妙在任盈盈还是去了嵩山,封禅台上,令狐冲发现任盈盈暗藏在侧,太快乐了,忍不住要发泄,大声道:"桃谷七仙的话,当真有理。我本来只道桃谷只有六仙,哪知道还有一位又聪明、又美丽的七仙女桃萼仙!"

这是他在封禅台上,仅有的一次失态。

之后他见了岳灵珊,一时情绪波动,立刻想起不对,怕任盈盈不高兴;回头一看,任盈盈在封禅台边装打盹儿。这是很给他面子了,免得他难堪。

他俩一直在照顾着彼此的感觉。于是终于到了那一幕:

> 两人并肩坐在车中,望着湖水。令狐冲伸过右手,按在盈盈左手的手背上。盈盈的手微微一颤,却不缩回。令狐冲心想:"若得永远如此,不再见到武林中的腥风血雨,便是叫我做神仙,也没这般快活。"盈盈道:"你在想什么?"令狐冲将适才心中所想说了出来。盈盈反转左手,握住了他右手,说道:"冲哥,我真是快活。"令狐冲道:"我也一样。"盈盈道:"你率领群豪攻打少林寺,我虽感激,可也没此刻欢喜。倘若我是你的好朋友,陷身少林寺中,你为了江湖上的义气,也会奋不顾身前来救我。

可是这时候你只想到我,没想到你小师妹……"她提到"你小师妹"四字,令狐冲全身一震,脱口而出:"啊哟,咱们快些赶去!"盈盈轻轻的道:"直到此刻我才相信,在你心中,你终于是念着我多些,念着你小师妹少些。"

在令狐冲百口莫辩时,任盈盈信赖他。令狐冲濒死之时,任盈盈以自己被囚为代价救他。于是令狐冲感激,心里有了任盈盈。

令狐冲答应恒山二位师太要去接掌恒山派,任盈盈由着他去,还助他完成了使命,还完全了解他的心事,令狐冲已经将她当作自己未来的妻子了。

俩人经历生死之险,解决东方不败,定了约会。任盈盈还是不放心,追着去帮衬令狐冲。终于俩人有一刻独处时,令狐冲觉得那是人生中最快乐的时光。

任盈盈其实一直不太自信,她到最后才相信,"念着我多些"。

但不自信归不自信,从头到尾,任盈盈不试图控制令狐冲。她自己是位高权重的圣姑,但并不以此为乐,甘心隐居在洛阳绿竹翁处,做一个世外隐士。

我喜欢你归喜欢你，体贴你归体贴你，却并不希望以我对你的喜欢逼你来回报我什么，也不随随便便瞎糊弄事。

对喜好自在的令狐冲来说，这种不拘束的姿态，是最重要的。

总有人想强调，岳灵珊是令狐冲的初恋，令狐冲心里很爱她；但得考虑到，岳灵珊不只代表她自己，也代表了令狐冲在华山派的少年时光。

细想令狐冲对任盈盈的一切行为，从开始的"一定要表现得自己对任盈盈多情多义免得别人笑话任盈盈"，到华山上被岳不群威胁要毁容任盈盈时准备自坏双目免得任盈盈为难，都不是出自任盈盈的逼迫，而是他自发自觉自愿的。跟任盈盈在一起的时光，的确是他最快乐的时光，抵得过他二十余年在华山的一切经历。

他与任盈盈在一起，是发现新的快乐，而非回到华山去，试图重温过去的快乐。甚至两人在华山山洞中命悬一线时，都觉得既能同在一起，就算立时死了，亦无所憾。最初都生发于这份不加拘束、自然而然。

他俩的名字，其实也和他们的爱情相处方式有关：大盈若冲，其用不穷。

所以换个角度即是：任盈盈与令狐冲在一起的短暂时光，

足以让令狐冲忘记在华山的二十多年呢。

爱情这种事,从来不建立在时间长短上。白发如新,倾盖如故。这话在爱情上也适用。

所以一天也许抵过十年。无他,彼此全心的欣赏与包容,而已。

这里涉及另一个话题:有些读者,哪怕读小说,都可能抱着一种奇怪的执念:只有少年真爱才是纯粹的,以后一切都不是的。

初恋往往被赋予额外的光环,然而相当一部分因素,其实来自于臆想。

美国加州的南希·卡里什博士在2009年前后做过一个跟踪调查,1600位没跟初恋终成眷属的美国人接受访问,百分之五十六的受访者说如果有得选,他们也不会去跟初恋好了;百分之十九的受访者犹豫不定;百分之二十五的受访者表示他们会乐意回去跟初恋好。

有趣的是,这些依然怀念初恋的人,通常会觉得自己有缺失感,同时自己的感情状况不是很如意时,也容易产生这种心情,"如果当时没跟初恋分开,也许能有好的感情"。

即，他们的初恋执念，更像是一种"如果当初"的假设，是一种事后补偿。

《神雕侠侣》里，郭芙有一段中年心事，很是戳人。有读者认为她对杨过爱而不知，大概也由此开始：

> 便在这千军万马厮杀相扑的战阵之中，郭芙斗然间明白了自己的心事："他在二妹生日那天送了她这三份大礼，我为什么要恨之切骨？他揭露霍都的阴谋毒计，使齐哥得任丐帮帮主，为什么我反而暗暗生气？郭芙啊郭芙，你是在妒忌自己的亲妹子！他对二妹这般温柔体贴，但从没半分如此待我。"

那些认为初恋至上的人，有多少是因为怀抱着类似的内心缺憾，以及现实生活中并不完全如意的感情，才要去假设初恋最美好呢？

但，换个角度：
就郭芙这种性子，就算真跟杨过在一起了，能好多久呢？
她和杨过日后如果成了怨偶，回头来看着耶律齐，安知不是另一番心思？

人觉得曾经拥有的、已经失去的和最初放手的最好，说来也都是类似的"如果当初"补偿心理作祟；那些美好多基于想象，就停留在想象中好了。在最不高兴的时候，当做另一种可能性，安慰一下自己无妨。

但别太当真。

因为人的际遇，不是一两个伴侣的取舍决定，而是一点一点走到这一步的——这意思是，我们选了另一个，也许最后怨怼的，就又是另一番感情了。

少年时的一切自有情怀加成，但人都是慢慢长大了，才做得对选择的。

令狐冲最后爱上任盈盈，郭靖没有跟华筝在一起而是选择黄蓉。他们并不是薄情，只是感情的意义在于合适，而从来就不是以先来后到、是否更纯粹论高低的。

包括初恋至上执念在内的任何执念，多少都跟自己的心境有关。

所以不要去假设"令狐冲们"跟初恋在一起更幸福，是放过了"令狐冲们"。

与此同时，不要总是假设初恋才是自己唯一的幸福来源，其实也就是，放过了自己。

"我偏要勉强"和"倘若我问心有愧呢"

赵敏那句传奇的"我偏要勉强",是有前因的。

她到张无忌与周芷若的婚礼现场闹事,见举世反对,便去跟范遥撒娇。范遥与她毕竟有师生之谊,只好眉头一皱,说道:"郡主,世上不如意事十居八九,既已如此,也勉强不来了!"

赵敏便道:"我偏要勉强。"

倒不是范遥少了血气,他也是勉强过的。当日他苦恋黛绮丝,铭心刻骨,终无所成。最后,他毁容出家当了头陀,既可说是为了明教,也可说是纾自己的情伤。"世上不如意事十居八九,既已如此,也勉强不来了!"这话是范遥劝赵敏的,却又何尝不是内心自白?

但范遥没得着黛绮丝,赵敏却带走了张无忌。"我偏要勉强。"

很励志吧?

然而不只是赵敏够坚决。

倘若"我偏要勉强"有用,则范遥应该得到黛绮丝,宋青书应该得到周芷若,胡逸之应该得到陈圆圆,顾金标应该得到霍青桐,欧阳克应该得到黄蓉,田伯光应该得到仪琳……但如我们所知,都没有。

区别何在?

范遥当日爱慕黛绮丝,明教众人没啥反对的,只有黛绮丝反对,所以勉强不来。

赵敏当日想和张无忌在一起,全世界都反对,唯独张无忌不反对,所以偏要勉强,成了。

重点在于对方。

赵敏带走张无忌,实是假公济私。借着谢逊的事,把张无忌带走了。

骨子里,却是给了张无忌一个台阶下。

因为张无忌这个迂腐的人,抵挡不住舆论压力,赵敏强行要带他走,他自然没法抛下周芷若,以及周遭人群。

但谢逊是他义父啊,这就够分量了。

张无忌告别周芷若时说:"义父于我恩重如山,芷若,芷若,盼你体谅。"——这话其实是说给自己听的。其实他这时,心里是天平两端:一端是赵敏,一端是周芷若(以及全世界的看法)。必须在赵敏这头放一个义父,他才能说服自己。

之后他的心态,则是这样的:

> 张无忌此刻心中甚感喜乐,除了挂念谢逊安危之外,比之将要与周芷若拜堂成亲那时更加平安舒畅,到底是什么原因,却也说不上来,然而要他承认欢喜赵敏搅坏了喜事,可又说不出口。

他自己是不肯承认"我就是肯为了赵敏放弃周芷若"的,但内心就是如此。

赵敏嘴里说是勉强,很是刚硬,其实很有策略:

她根本不去搞定周遭,而直捣核心,抓住了张无忌的心,再给他一个台阶下,于是,跑了。

相比起来,欧阳克和欧阳锋就比较傻:他们试图跟黄药师求亲,借黄药师之力来搞定黄蓉。可是郭靖就抓住了黄蓉的心,得手了。

大概可以这么说：

对一个性格不那么独立、容易受影响的人，你去搞定周遭七大姑八大姨舍友闺蜜，大概会有用。

但对一个性格独立的对象，你还是直奔主题，比较有用。

当然，最后，还是要归到勉强这件事上。

范遥认为勉强不得，他是输过了。赵敏偏要勉强，是因为她知道自己能赢——也因为她不怕输。

先前在海上四女同舟时，她就哭过一次，说张无忌抱着殷离，她自己不要活了。当日其他人无不愕然。这里就是赵敏的优势了：她性格要爱便爱，要恨便恨，并不忸怩作态——俗称"生扑"。

四个姑娘里，论心计智谋，小昭、周芷若和赵敏各有所长。但论勇，还是赵敏最勇一点。

将以勇（我偏要勉强）为本，行之以智计（借谢逊给张无忌一个心理台阶，拽了他就走），擒贼先擒王（搞定了张无忌，根本懒得管明教其他人）。

如此怎么可能不得手呢？

她是跟张无忌谈恋爱，又不是跟明教和武当派谈恋爱。

在意他要的东西（义父），将他跟自己拉成一伙再说，别的（明教啦，舆论啦）不管。

喜欢就直说，输不丢人，怕才丢人。

这些道理，不只是谈恋爱有用。

赵敏当日搅了拜堂，不是孤注一掷的赌博，而是策划万全的韬略。先前一切，包括同舟表白，包括咬了张无忌的嘴唇，全都是伏笔。

其实早已万事俱备，只等她出现，带张无忌走了。

顺便留一句"我偏要勉强"。范遥以为那是执拗的独白，可其实，是赵敏成竹在胸的胜利宣言啊！

周芷若那句"倘若我问心有愧呢"，大概足以与"我偏要勉强"，并列《倚天屠龙记》两大神句之一。

然而又大不相同。

"我偏要勉强"，那是赵敏成竹在胸的胜利宣言，早已瞄准了张无忌，更不看旁人脸色。

赵敏无非给张无忌一个台阶下，哄他跟自己走，赌的是张无忌对自己的爱，以及本身性格的独立。

"倘若我问心有愧呢"却是一个被动应答，是一个微妙的捧哏。

回得好，回得妙，好在委婉。

当日周芷若在少林寺，一路对张无忌冷言冷语，还摆出了有老公的架势，拉开距离。等到张无忌来求她相助，她撂了句狠的，"旁人定然说我对你旧情犹存"。张无忌当时已经被打击得心灰意冷，觉得没戏，重点已经全转到了救谢逊身上，所以赶紧说："咱们只须问心无愧。"

周芷若这时神来之笔："倘若我问心有愧呢？"
真是好一招神龙摆尾回马枪。

张无忌本来掉进谷底了，一听这话，呆住了。
妙在周芷若后面，更不给张无忌立刻挽回的机会，也不让他看自己的脸色，只是把他往外赶。
拒绝到谷底，让张无忌绝望——忽然又给他希望——把他往外赶。
这玩法真是百变千幻，也难怪张无忌情不自已了。

当然，事后想来，如周芷若自己所说，她一直深爱张无忌，则拿宋青书当假丈夫来布局，摧毁张无忌的心志，早在她计划之中。

再细想来，连这句话，都可能是提前准备好的。未必是这么一个现成句子，只是她总有个办法，将张无忌踩到谷底之后，又转身钓他一句，钓得他心神恍惚。

周芷若处事风格，向来如此机变。初见张无忌时，就是与殷离对掌后装伤，哄过了毒手无盐丁敏君；光明顶上为了救张无忌，又装天真哄着灭绝老尼，指点张无忌阵法；"刀剑齐失人云亡"那一系列布局，就不提了。

所以她的情话，得打着折来听。甚至，她最后说自己对张无忌是铭心刻骨的相爱，也未必十分是真——她事先把赵敏安排在旁边，就为了等张无忌说错话。当局者听见"倘若我问心有愧呢"，一定会意乱情迷。但一旦想明白了"周芷若的每句话多少都有目的，都是布局"，大概就能从张无忌当日的心神悸动中跳出来了。回头看看，一身冷汗。

所以周芷若后面这些话再好听，多少都有些问题。

她最动人的，反倒是前面的一句。

当日张无忌与她相认，一句汉水舟中喂饭，周芷若认出他来。之后周芷若的反应，连殷离都看到了：喜不自胜、脸现羞色、双目光彩明亮，还问"身上寒毒，已好了吗"。

这段话的信息量，大得不对劲。

张无忌和周芷若这时分别许多年了。汉水舟中这件事，读者有印象，当事人未必觉得。现在的人吧，第二次跟男女朋友出去下馆子是什么时候，都未必记得了，何况多年前什么汉水舟中？

就算认出来了，一个旧识，干吗喜不自胜，干吗脸现羞色？

她居然还记得他身上寒毒。要知道光明顶武当五侠与张无忌相认，也没一个去问"无忌孩儿，你的寒毒可痊愈了么"。

后来在光明顶上，张无忌排难解纷当六强时，在那里教训崆峒派。周芷若躲在众师姊身后，侧身瞧着张无忌，为他发愁。

这个躲，这个侧身，都是真诚的少女情怀。

没有"我问心有愧"那么明明白白地撩拨，但仔细想，是很动人的。

张无忌当年与殷离相遇时，不过是个雪中断腿、父母双亡的大胡子，殷离喂他救他，他于是心生感激，许下婚姻之约。他对殷姑娘之所以感激，只因那时他孤穷绝路，缺的便是这个。

他对小昭怜惜,却是因为小昭骗他道自己父母双亡,他同病相怜,他怜惜小昭,其实便是怜惜他自己。

他喜欢周芷若,因为她是童年旧识,峨眉高第,气象清贵,而且对他念念不忘,令他好生感激。

等他统率群雄时,就爱上了被他口口声声骂成妖女的赵敏了——因为实在够刺激。

当日周芷若也真诚过,也羞红过脸、眼放光芒,也少女情怀地侧身偷看、心中发愁。

等经历了"新妇素手裂红裳"时的绝望后,她知道自己没法靠常规法子搞定张无忌了,于是给自己找假丈夫,再使出"倘若我问心有愧呢"的反钓。

无非是她看明白了张无忌的贱骨头,实际上也是绝大多数人的感情通病:

得不到的永远在骚动,被偏爱的就有恃无恐。

一见钟情与绵延长久

蒙古十八年,郭靖和华筝青梅竹马,却终究没好上。

张家口见面一天,郭靖和黄蓉成了知己。

梅林雪舟见第二面,就此定终生。关山万里,塞北江南,高山大川,再难分开了。

按说一个蒙古少年,一个江南少女,出身大大不同,也没啥共同语言——郭靖和华筝还更多共同语言呢——怎么郭靖和黄蓉在一起了,却不是华筝?

蒙古十八年,华筝与郭靖的交流方式是:一起骑马射箭,看他练武功,招呼他去看射雕,帮着养白雕。

她喜欢郭靖,但最多也就是问郭靖:你不要我嫁给都史,那我嫁给谁?

郭靖答不知道，华筝就啐他。

等到郭靖要南下了，都已经许婚了，华筝还在等着郭靖，希望郭靖跟自己有什么交流。临别时，郭靖就跟对待妹子一样，抱了抱她，过去了。

原著说：

华筝则脾气极大，郭靖又不肯处处迁就顺让，尽管常在一起玩耍，却动不动便要吵架，虽然一会儿便言归于好，总是不甚相投。

华筝主要在意的，是自己。要迁就，要顺从，要舒展自己的个性。结果便不太美妙。

且说黄蓉。

梅林雪后初见，黄蓉舟中登场，是金庸用心了的描述：

船尾一个女子持桨荡舟，长发披肩，全身白衣，头发上束了条金色细带，白雪映照下灿然生光。郭靖见这少女一身装束犹如仙女一般，不禁看得呆了。那船慢慢荡近，只见那女子方当韶龄，不过十五六岁年纪，肌肤胜雪，娇美无比，笑面迎人，容色绝丽。

白衣白雪，灿然金带，色彩搭配极为完美。难怪郭靖一看即呆。从此之后，改朝换代、天翻地覆、万里风沙，都改不了他对黄蓉的爱了。

但爱能绵延长久，又不只因为容貌了。

穆念慈当日对黄蓉道："妹子，你心中已有了郭世兄，将来就算遇到比他人品再好到千倍万倍的人，也不能再移爱旁人，是不是？"

黄蓉一副理所当然的样子，回答："那自然，不过不会有比他更好的人。"

都说黄蓉挑郭靖，是仙女配傻小子，却漏了另一件事：黄蓉，一个单亲家庭的孩子，又太聪明了，不需要另一个不如她聪明的小聪明；天下也再没人在机变聪慧上，胜过她爹了。她接触的人们，或惧怕她是个小妖女，或垂涎她的美色。只有郭靖从一开始就大智若愚地判定"蓉儿是个好姑娘,很好很好的,很好很好的"。

她要的是踏实、真诚和善良,所以她跟随郭靖,是轻灵随厚重、风随树、水随土。

黄蓉在意的,是郭靖的憨厚、朴实和坚韧。质朴纯正这种东西,都是聪明人才懂得欣赏的。小聪明一点的人,只会想着"这种人好欺负"。

后来《神雕侠侣》一开头,郭靖武功已经冠绝天下,但还是老实说,越练武功,越觉得自己不成;黄蓉还开玩笑,说郭大爷好谦,"我却觉得自己越练越了不起呢"——玩笑归玩笑,毕竟对于她来说,世上没人比她和她爹更聪明了,她也见过太多自作聪明的人,反而爱极了郭靖这份质朴。

至于聪明和质朴,如何能勾兑起来呢?

聊天呗。

之前张家口初见,郭靖请黄蓉吃饭。黄蓉点菜点得花样百出、五彩缤纷。郭靖大为叹服。黄蓉高谈阔论，谈吐隽雅，见识渊博，令郭靖大为倾倒。而郭靖聊自己那些事，黄蓉听得津津有味。

感情，就从这段聊天开始。

郭靖那么一个老实孩子，原文说了："本来口齿笨拙，不善言辞，通常总是给别人问到，才不得不答上几句。"

可是遇到黄蓉，他完全撒开了。"可是这时竟滔滔不绝，把自己诸般蠢举傻事，除了学武及与铁木真有关的之外，竟一古脑儿的都说了出来，说到忘形之处，一把握住了少年的左手。一握之下，只觉他手掌温软嫩滑，柔若无骨，不觉一怔。那少年低低一笑，俯下了头。"

郭靖这辈子，可能就这么一次忘形，会情不自禁去握人家的手。

而那场的黄蓉呢？比郭靖还投入：

> （郭靖）只说些弹兔、射雕、驰马、捕狼等诸般趣

事。那少年听得津津有味,听郭靖说到得意处不觉拍手大笑,神态天真。

"不觉拍手大笑",这都不知不觉了。

彼此能放开说一些(哪怕对方并不熟悉的事),也能推心置腹、忘乎所以,那是真投契吧。

乍看,郭靖读书不及黄蓉多,经常听不懂黄蓉说的典故。

比如俩人在梅林雪湖初见,黄蓉给郭靖唱辛弃疾《瑞鹤仙》。郭靖不懂,但是:

郭靖一个字一个字地听着,虽于词义全然不解,但清音娇柔,低回婉转,听着不自禁的心摇神驰,意酣魂醉,这一番缠绵温存的光景,他出世以来从未经历过。

郭靖听不懂黄蓉唱的什么,但就是爱得死去活来。

黄蓉也无所谓郭靖听不听得懂,就是喜欢。

郭靖完全接受自己不及黄蓉聪明，而且并不觉得这是问题。

后来俩人到太湖边，黄蓉说，范蠡载西施泛于五湖真聪明，郭靖就求她说范蠡的典故。听罢，郭靖说范蠡当然聪明，但像伍子胥与文种尽忠，更为不易。这话很体现郭靖的性格，黄蓉极欣赏，就说郭靖这是"国有道，不变塞焉，强哉矫；国无道，至死不变，强哉矫"。

郭靖连连赞美黄蓉懂的道理多，黄蓉却不以为意：

> 我花了不少时候去读书，这当儿却在懊悔呢，我若不是样样都想学，磨着爹爹教我读书画画、奇门算数诸般玩意儿，要是一直专心学武，那咱们还怕什么梅超风、梁老怪呢？

这里的关键：郭靖和黄蓉，都能在感情中放下自己。郭靖不觉得承认比黄蓉笨是问题，黄蓉不觉得自己比郭靖知道多有啥了不起。

郭靖质朴厚实，但为人谦谨，对黄蓉也是不懂就问，没啥不好意思的，而且发自内心地赞叹黄蓉博学多才。

黄蓉什么都懂，但也很乐意跟郭靖聊，而且发自内心地喜欢郭靖的质朴敦厚。

他俩各自有特长，但没有炫耀的心思；郭靖不懂就问，是个很好的聆听者——对黄蓉来说，也真的乐意给他讲。

汪曾祺先生有部小说《云致秋行状》，提到过一句：有种人聊完天，一定要补一句："这种事你们哪知道啊！爷们，学着点吧！"

而另一种人聊天，只是反映出他对生活，对人，充满了近于童心的兴趣。

这两种说话方式的区别很简单：在意的是所谈的事，还是自己。

哪种更可爱，一目了然。

后来郭靖和黄蓉在岳阳楼说故事。黄蓉跟郭靖说："先天下之忧而忧，后天下之乐而乐。"郭靖感叹："大英雄大豪杰固当如此胸怀!"黄蓉说:"这样的人固然是好,可是天下忧患多安乐少,他不是一辈子乐不成了么?我可不干。"

很多年后,他俩共守襄阳数十年了。危难之际,郭靖重伤,依然一拉黄蓉,想将她藏于自己身后。

黄蓉低声道:"靖哥哥,襄阳城要紧,还是你我的情爱要紧?是你身子要紧,还是我的身子要紧?"

郭靖放开了黄蓉的手,说道:"对,国事为重!"

当初"我可不干"的黄蓉,真心诚意地支持郭靖;危难生死,彼此心知,根本不必造作。

郭靖也可以坦荡地让黄蓉挡在自己身前,放开了手不逞英雄:他的自尊不需要这点事来支撑,没啥放不下的。

反而像欧阳克这种半瓶水风流自赏,自负文才武学两臻佳妙的,黄蓉看不上:"你再聪明,还能比我聪明?"

这里有个缘故。《围城》里说得好:同行最不宜结婚,因为彼此是行家,谁也哄不倒谁,丈夫不会莫测高深地崇拜太太,太太也不会盲目地崇拜丈夫,婚姻的基础就不牢固。

当日洪七公抢了欧阳克的扇子,问黄蓉字写得怎样,黄蓉眉毛一扬:

"俗气得紧。不过料他也不会写字,定是去请同仁当铺的朝奉代写的。"

欧阳克听了这话以后,还有点恼怒——说是喜欢黄蓉,其实心里还是装着自负,心里的第一位,也还是自己。

反不及郭靖开诚布公地不懂,虚心地请教黄蓉,也乐意给出自己角度的不同看法——这样才容易交流得久嘛。

临了,说一个没啥人提,但我觉得极好的细节。《神雕侠侣》中,郭靖和黄蓉发现尼摩星被人击杀,黄蓉向郭靖道:"靖哥哥,你说是谁?"

郭靖摇头:"这股内力纯以刚猛为主,以我所知,自来只有两人。"

黄蓉点头:"可是恩师七公早已逝世,又不是你自己。"

——搁一般人,在旁边一站一听,一头雾水:

你们在说啥?为什么郭靖要摇头?为什么黄蓉要点头?

这两句话的全貌是——

郭靖摇头:"(我也不知道)这股内力纯以刚猛为主,以我所知,自来只有两人(一个是恩师洪七公,一个是我,蓉儿你自然

一见钟情与绵延长久　　129

知道,我更不必多说)。"

黄蓉点头:"(是啊,我知道靖哥哥你的判断,也认同天下就只你二人有这能耐,并非自夸)可是恩师七公早已逝世,又不是你自己。"

括号里的话,俩人默认是可以省略的。

外人乍看,还得多想一层;夫妻俩人却说得自然而然、心灵相通。以及:俩人在一起快四十年了,都五十多岁了,孩子都三个了,大女儿都三十多岁了。商量事儿时,黄蓉开头一句"靖哥哥",自然而然地出口,和近四十年前时,一模一样。

郭靖与襄阳

我小时候,先读《射雕英雄传》,看末尾郭靖和黄蓉结成姻缘,大喜;又见书尾说他们的事迹,在《神雕侠侣》里有述,于是买到了《神雕侠侣》,读完《神雕侠侣》,又见书尾道郭襄与张君宝后事,在《倚天屠龙记》里有述。我想看郭靖与黄蓉守襄阳,心满意足,张君宝跟郭襄,关我什么事。于是乎,《倚天屠龙记》,我是隔了两年才读通的,读到万安寺,猛然间看灭绝师太说道,郭靖和黄蓉守襄阳时,一起殉国了。

当时咔嚓一声,天塌了一般。

唉。

金庸先生写:郭靖守襄阳,终于殒身不恤。

郭靖给女儿起名字:郭襄的襄,是襄阳的襄。

《神雕侠侣》里,提到襄阳,说了许多处典故。比如郭靖跟杨过讲解"侠之大者,为国为民"时,特意安排他吟了杜甫的诗《潼关吏》：

> 士卒何草草，筑城潼关道。
> 大城铁不如，小城万丈馀。
> 借问潼关吏，修关还备胡。
> 要我下马行，为我指山隅。
> 连云列战格，飞鸟不能逾。
> 胡来但自守，岂复忧西都。
> 丈人视要处，窄狭容单车。
> 艰难奋长戟，万古用一夫。
> 哀哉桃林战，百万化为鱼。
> 请嘱防关将，慎勿学哥舒。

安排郭靖这个性格朴直的人吟诗，并不算很自然，也可见金庸先生，是非得将这段话写出来才高兴了。

后来，郭靖对杨过更这么说：

襄阳古往今来最了不起的人物，自然是诸葛亮。此去以西二十里的隆中，便是他当年耕田隐居的地方。诸葛亮治国安民的才略，我们粗人也懂不了。他曾说只知道"鞠躬尽瘁,死而后已",至于最后成功失败,他也看不透了。我与你郭伯母谈论襄阳守得住、守不住,谈到后来,也总只是"鞠躬尽瘁,死而后已"这八个字。

他自己也的确算是,鞠躬尽瘁,死而后已了。

后来杨过手下诸位,还提到羊祜,提到堕泪碑,提到"人生不如意事十常八九":
的确,羊祜当年也驻在襄阳。
为什么这么多的传奇,都驻在襄阳?

顾祖禹先生的《读史方舆纪要》里写:

> 湖广之形胜,在武昌乎?在襄阳乎?亦在荆州乎?曰:以天下言之,则重在襄阳;以东南言之,则重在武昌;以湖广言之,则重在荆州。

顾祖禹先生那时代的荆州,就是江陵了,亦即今天的湖北省荆州市,这地方堪称楚地的核心。伍子胥破了这里,就能鞭尸报仇。白起打到这里,楚国只好往东跑。

周瑜和曹仁在这里争战一年多。吕蒙偷袭关羽,抢的也是这里。唐初李靖拿了江陵，就灭了梁。

的确占了江陵，就左右两湖地带。

武昌汉口，是为武汉。九省通衢，直下东南，那也不用提了：李白都要送孟浩然，故人西辞黄鹤楼，烟花三月下扬州。

襄阳呢？

取了襄阳，南可走江陵，东可下武昌。南军北上，必取襄阳。所以，关羽北伐围襄樊，桓温北伐走襄阳，岳飞意在中原，也是经营襄阳。

而北军南下，当然也得定襄阳。故此说："以天下言之，则重在襄阳。"南北交织，一定会在这里碰头。

正史上有一个人，功绩颇类于小说里的郭靖——甚至，还大一些。

岳飞麾下曾有一将，叫孟安；他儿子孟林也在岳飞麾下，代代岳家军。孟林的儿子孟宗政，镇守襄阳。孟宗政的儿子，叫做孟珙。

当时，金国被宋蒙合围，已经定都到蔡州了。公元1234年，即岳飞逝世九十二年后，宋蒙合军，在蔡州攻金国。蒙古军攻北，孟珙带宋军攻南。

当日金国的哀宗刚传位，孟珙已入城。哀宗自缢，新皇帝死于乱军之中，金国灭亡。金哀宗的遗骸被孟珙带回了宋都临安，供在太庙中。

靖康耻，到此刻，才算是真的雪了。

之后，孟珙常年在荆襄一带守蒙古南下。逝世后的谥号，是忠襄。

正史里没有郭靖，但襄阳还是扛了小半个世纪。孟珙当然是一代良将，但他故世后，襄阳又撑了近三十年。

其秘诀，说到底，就是南方的地形，以及熟悉南方地形的军民。

蒙金之战时，蒙古水军有限，只有"船桥军"。蒙古名将之后阿术，曾经很无奈地说："所领者蒙古军，若遇山水寨栅，非汉军不可。"

当时，汉军都元帅刘整也曾对阿术说："我精兵突骑，所当者破，唯水战不如宋耳。"

所以阿术也念叨："围攻襄阳，必教练水军、造战舰为先务。"

按《元史·刘整传》的说法，蒙古当时专门训练了七万水军，1273年，终于逼得襄阳陷落。刘整很明白："襄阳破，则临安摇矣。若将所练水军，乘胜长驱，长江必皆非宋所有。"

历史上襄阳陷落的过程，很是惨烈。围城五年后，守将吕文焕依然坚持。终于忽必烈劝他："尔等拒守孤城，于今五年，宜力尔主，固其宜也。然势究援绝，如数万生灵何？若能纳款，悉郝勿治，且加迁擢。"

——五年了，也够了；想想数万生灵吧。

元将阿里海牙也来劝降："君以孤城御我数年，今鸟飞路绝，帝实嘉能忠而主。信降，必尊官重赐以劝方来，终不仇汝置死所也。"

襄阳陷落后两年多，伯颜与阿术由汉水入长江东下，取南京，然后会师临安。南宋灭亡。

襄阳支撑了南宋近四十年。襄阳一失，两年后临安开城。说是襄樊之地，支撑了南宋北境四十年，也没错。

金庸先生以郭靖持《武穆遗书》守襄阳，那是当他岳飞复生。郭靖的武功无敌天下，但终于殉城的情节背后，夹杂着金庸先生几分"如果岳飞还在"的遗憾。《神雕侠侣》末尾,大汗蒙哥在襄阳城下被杨过一石击倒。正史里,蒙哥是攻打钓鱼城时驾崩的。金庸先生大概觉得不过瘾,还是把大战安排在襄阳吧,让郭靖与杨过,成就如此大功。

正史里没有郭靖,有孟珙;但他故世之后,襄阳又撑了近三十年。

金庸先生的意思是:世上当然有力挽狂澜的英雄,但大多数时候是许多无名的个体的英雄。那些湖北军民,硬生生地守了那么些年。

老电影《三毛从军记》末尾,之前的号召令曰:"要以无数的无名华盛顿,来造就一个有名的华盛顿;要以无数的无名岳武穆,来造就一个中华民族的岳武穆。"身为士兵,经历过战争后的三毛却知道:"三毛知道自己就是华盛顿,就是岳武穆,只是无数的,无名的,而已。"

借这个角度想,郭靖与后期杨过这两位虚构的、来自民间的武侠小说角色,也可以看做:13世纪中叶,无数襄阳英雄军民的化身吧。

说回郭靖自己的性格。

郭靖最初得到成吉思汗的注意，是他豁出性命救哲别，险些被术赤杀死，且不要回赠的黄金。

郭靖很怕豹子，但还是冲出去救了华筝。

郭靖随哲别学射箭，射雕成功，还只算是箭法好；但万军之中，救了成吉思汗，成吉思汗可是亲口许诺："这次之后，我将你当儿子看。"果然言下不虚：就让郭靖当了金刀驸马。

郭靖到中原游历，返回蒙古时，已被封为那颜：领军万人，还是蒙古西征右军都元帅。他曾经亲自排解过术赤与察合台的纷争，间接稳定了窝阔台未来的汗位。

到成吉思汗灭花剌子模时，他立下不世大功。成吉思汗当时对他的劝诱与许诺，简单又明快："你心念赵宋，有何好处？你曾跟我说过岳飞之事，他如此尽忠报国，到头来仍被处死。你为我平了赵宋，我今日当着众人之前，答应封你为宋王，让你统御南朝江山。"

郭靖只要一点头，他就是宋王了。但郭靖还是选择与成吉思汗决裂。一方面是母亲的劝导，一方面是："想起西域各国为蒙古征服后百姓家破人亡的惨状。"这一刻，他与萧峰心心相印了。

世上总有些捷径，只要巧加说辞就可以走。然而郭靖还是选择回过头来，在襄阳城站了半个世纪。

大概郭靖身上，寄托了金庸先生对岳飞的感叹，对孟珙和湖北军民的推重，以及对其他豪杰的认同。

生于北国，南奔归宋，万军辟易。南宋有这种人吗？有，辛弃疾。

生于北国，南奔归宋，抗元至死。南宋有这种人吗？有，张世杰。

历史上终究是有这些，宁肯选择更困难道路的人。

成吉思汗当日以利益出发，质问郭靖：

"有何好处？"

但只要世上还有人，做事并不单纯从"有何好处"出发，这世界就还有希望。

黄药师与郭靖：丈人与女婿

巧丈人，拙女婿。

大概出于性格缘故，黄药师一生都不会跟郭靖投缘。

但他认郭靖这个女婿；甚至——依照《射雕英雄传》的设定——黄药师会隐隐约约地佩服郭靖。

黄药师跟郭靖不投缘，理由极明白：趣味不合。

《射雕英雄传》里明说了：黄药师绝顶聪明，文事武略，琴棋书画，无一不晓，无一不精，自来交游的不是才子，就是雅士，他夫人与女儿也都智慧过人，将独生爱女许配给这傻头傻脑的小子，当真是把一朵鲜花插在牛粪上了。

《神雕侠侣》里明说了：郭靖端凝厚重，尤非黄药师意下所喜。所以黄药师把多年经营的桃花岛让给女儿女婿住，自己云游去了。

黄药师怎么认郭靖的呢？

当年桃花岛上比武招亲时,黄药师试了郭靖内功,已经开始欣赏他的纯粹:"这小子年纪幼小,武功却练得如此之纯,难道他是装傻乔呆,其实却是个绝顶聪明?若真如此,我把女儿许给了他,又有何妨?"

华山论剑,黄药师三百招打不败郭靖时,明说了:黄药师见他居然有此定力,抗得住自己以十余年之功练成的"奇门五转",不怒反喜。

下了华山,黄药师主动对郭靖表示:"靖儿,你母亡故,世上最亲之人就是你大师父柯镇恶了,你随我回桃花岛去,请你大师父主婚,完了你与蓉儿的婚事如何?"

这是完全主动的接纳。

喜欢是不喜欢的,认是认的。

《神雕侠侣》里,黄药师甚至带点自豪地跟杨过说:"老弟这一路掌法,以力道的雄劲而论,当世唯小婿郭靖的降龙十八掌可以比拟,老夫的桃华落英掌,输却一筹了。"

"当世唯小婿郭靖",这口吻,多少带点自豪吧?我是不成啦,但我女婿当世一绝!

至于我为何敢说,黄药师会隐约佩服郭靖呢?

《射雕英雄传》有一个隐藏主角:岳飞。

郭靖杨康的名字,《武穆遗书》的追争,处处带着岳飞。

黄药师对岳飞啥态度?

看他那几位对他敬若神明的徒弟们。

小说开场,郭啸天杨铁心骂秦桧时,旁观的曲灵风说了句:"我曾听得人说,想要杀岳爷爷议和的,罪魁祸首却不是秦桧……秦桧做的是宰相,议和也好,不议和也好,他都做他的宰相。可是岳爷爷一心一意要灭了金国,迎接徽钦二帝回来。这两个皇帝一回来,高宗他又做什么呀?"

曲灵风推崇岳飞,冷嘲赵构秦桧,态度极明白。他所谓"曾听得人说",是听谁说的呢?曲灵风自己,这辈子最服气的人又是谁呢?

曲灵风的师弟陆乘风,后来如此登场:他在太湖上跟黄蓉对着唱歌,唱的是朱敦儒《水龙吟》:

放船千里凌波去,略为吴山留顾。云屯水府,涛随神女,九江东注。北客翩然,壮心偏感,年华将暮。念伊嵩旧隐，巢由故友，南柯梦，遽如许！

回首妖氛未扫，问人间英雄何处？奇谋报国，可怜无用，尘昏白羽。铁锁横江，锦帆冲浪，孙郎良苦。但愁敲桂棹，悲吟梁父，泪流如雨。

这阕词的典故里，提到诸葛亮和东吴，其实还是南宋志士感慨靖康之变的情怀。复国无门，泪流雨下。黄蓉说这歌，黄药师经常唱；陆乘风唱得既是慷慨悲凉，黄药师自然也是这般情致。

后来黄蓉去了陆乘风庄里，看到陆乘风画上题词，是岳飞《小重山》：

昨夜寒蛩不住鸣。惊回千里梦，已三更。起来独自绕阶行。人悄悄，帘外月胧明。

白首为功名。旧山松竹老，阻归程。欲将心事付瑶琴。知音少，弦断有谁听？

这词结尾，岳飞所谓"知音少，弦断有谁听"，那是孤独极了。大概陆乘风也是这般心情。

孤独归孤独，后来裘千丈来劝陆乘风降金反宋，陆乘风也决然不听，态度鲜明之极。

陆乘风的师弟冯默风后来，抗蒙捐躯了。

黄药师三大弟子的态度，鲜明可见，则黄药师自己，也很明白了。

黄药师的性格，书中有处细节可以体现：后来烟雨楼前，欧阳锋跟黄药师套近乎，扔给黄药师一个首级，说自己杀了一个教人做忠臣孝子的儒生，"你我东邪西毒，可说是臭味相投了"。大概欧阳锋也觉得黄药师不拘礼法，内心邪恶。

然而黄药师一句话硬顶回去："我平生最敬的是忠臣孝子。"将那首级埋了，还恭恭敬敬作了三个揖。

欧阳锋讨了个没趣，只好打哈哈："黄老邪徒有虚名，原来也是个为礼法所拘之人。"

黄药师凛然道："忠孝仁义乃大节所在，并非礼法！"

黄药师虽然邪僻，但他的三个弟子，显然都反感秦桧赵构，叹惜岳飞。他自己僻处海岛，并非真的不问世事，只是对当时苟安的南宋，失望到了底。他骨子里，热血未灭，只是深自压抑了。

郭靖后来学《武穆遗书》，一生守襄阳，是岳飞后身。

黄药师不会跟这个女婿投缘，但内心深处，一定佩服郭靖，甚至隐约有点羡慕他这个侠之大者的女婿：许多人并不是真不想当英雄，只是失望得太久罢了。"知音少，弦断有谁听"？

所以《神雕侠侣》结尾，孤僻了一辈子的黄药师，还是去襄阳助郭靖、救郭襄，事实上指挥了最后的大战——毕竟他表面邪僻，心里话却是："我平生最敬的是忠臣孝子……忠孝仁义乃大节所在，并非礼法。"

黄药师的白眼与令狐冲的《笑傲江湖》

《射雕英雄传》里,黄药师很爱翻白眼。

完颜洪烈去讨好黄药师,然而被白了一眼。
黄药师给陆乘风武功秘籍,也要先白一眼。
为什么要白眼呢?
却原来,小说设定是这样的:

> 黄蓉深悉父亲性子,知他素来厌憎世俗之见,常道:"礼法岂为吾辈而设?"平素思慕晋人的率性放诞,行事但求心之所适,常人以为是的,他或以为非,常人以为非的,他却又以为是,因此上得了个"东邪"的诨号。

这句"礼法岂为吾辈而设",是有典故的:

> 籍又能为青白眼。见礼俗之士,以白眼对之。常言

"礼岂为我设耶？"

——《晋书·阮籍传》

金庸写黄药师，是按照阮籍写的。不拘礼法，翻白眼，都是从这里来的。

还怕我们读不出来似的，金庸又添加许多细节，明说了：黄药师是个非汤武而薄周孔的人，行事偏要和世俗相反。"非汤武而薄周孔，越名教而任自然"，出自嵇康著名的《与山巨源绝交书》。众所周知，嵇康跟阮籍是一伙的，阮籍肯对他加以青眼。

黄药师居住的是桃花岛，招牌武功是落英神剑掌。落英是什么典故？《桃花源记》——"芳草鲜美，落英缤纷"。陶渊明，那是古来隐士之首。

黄药师听到灵智上人欺骗他说黄蓉死了后，反应激烈，大哭大笑。欧阳锋感叹："黄老邪如此哭法，必然伤身。昔时阮籍丧母，一哭呕血斗余，这黄老邪正有晋人遗风。"

等黄药师哭完了，开始唱歌："伊上帝之降命，何修短之难裁？或华发以终年，或怀妊而逢灾。感前哀之未阕，复新殃之重来。方朝华而晚敷，比晨露而先晞。感逝者之不追，情忽忽而失度，天盖高而无阶，怀此恨其谁诉？"

黄药师这里唱的，是曹植写的歌《行女哀辞》。

所以，黄药师从翻白眼到反礼俗，都跟魏晋有关系。

当然，金庸小说最具魏晋风度的，还是《笑傲江湖》。其中一群隐士，如曲洋，如刘正风，如莫大先生，如令狐冲，如任盈盈，如梅庄四友，如祖千秋，都多少有些魏晋风度。

莫大先生，人在朝，而身在野。他神龙见首不见尾，没事咿咿呜呜拉一段《潇湘夜雨》。

令狐冲是天生的隐士，任盈盈躲在绿竹巷里自己弹琴，那自然也是隐士了。

梅庄四友，丹青生好酒疏狂，又风度翩然；秃笔翁天真烂漫，只爱写字；黄钟公爱《广陵散》，最后都是被卷入斗争，自尽而终。祖千秋则是一个刘伶似的酒徒。

和令狐冲性情相投的，大多是隐士。

《笑傲江湖》，整个就是一部，斗争如何激烈，让隐士无法独善其身，只好出来做斗争的小说。

当然，最明显的，还是曲洋与刘正风。他俩只想退出江湖，便遭了左冷禅的毒手。二人合奏的《笑傲江湖》，典出《广陵散》。

这经历，全是照嵇康写的。

历史上的嵇康生在公元223年：刘备逝世那年，当时曹魏立国已有三年。

嵇康是曹操的同乡。他的父亲是曹操手下督军粮治书侍御史。嵇康的妻子是长乐亭主，姓曹。所以他是曹家的姑爷。

嵇康二十六岁那年，发生了著名的正始之变。司马家掌权，开始对付曹家了，逼着大家站队。

当时嵇康有两篇文章，极有名。

一篇叫《管蔡论》。按当时传统说法：周武王解决纣王之后逝世，周成王登基，年纪小，摄政的是周公，是传统意义上的大圣人。管蔡二位要搞事情，就说周公有篡国之意，于是起来反了。周公平了管蔡，维持了周的稳定。

当时正统说法，都认为周公是好的摄政大臣，是圣人。

然而，嵇康的《管蔡论》的调子怪怪的：他说管蔡当年很忠诚，所以才被周王任用。后来发生了巨变，无法与周王交流，所以才起兵：是愚诚激发。

如果管蔡是坏人，那他们居然之前能掌权，反过来证明周文王周武王，那是有问题的呀。既然周文王周武王都是圣人，那么管蔡就不一定不是贤人。

这就是所谓非汤武薄周孔了。

当时曹魏摄政的人物,是司马懿、司马师、司马昭父子三人的权力传承。嵇康既然说摄政的周公有问题,管蔡不一定是坏人,那他对掌权的司马昭所持的态度,可想而知。

后来嵇康更写了《与山巨源绝交书》,就算表明立场了。

山巨源就是山涛。四十多岁才出来做官,升得极快。一方面,他确实是个人才。一方面,山涛的堂姑奶奶,有个好女婿,就是司马懿。

山涛拉嵇康出来做官,嵇康回了封信,先说自己这不好那不好,不适合做官。之后说:诸葛亮也没逼着徐庶入蜀汉,华歆也没逼着管宁当卿相。——言下之意,自己如果去当官,那就是魏官入蜀了。这是把司马摄政的曹魏,当做敌国了。

后面更表达得直露:不能因为自己喜欢腐臭,就用死老鼠来养鸟。

这是明明白白地不配合司马昭,所以司马昭才要找借口,杀掉嵇康。

嵇康临终前弹琴一曲,道《广陵散》就此绝了。

可是在《笑傲江湖》里,金庸偏安排《广陵散》不绝,还安排刘正风和曲洋，将《广陵散》从蔡邕墓里找出来了——蔡邕就是蔡文姬的父亲了，他当时也是因为对董卓致了哀悼之意，被王允杀了。他也算是死于不配合的典型。

虽然刘正风和曲洋因为不合作，被左冷禅杀了——譬如嵇康不合作，被司马昭杀了——但《笑傲江湖》传下去了。

令狐冲学会《笑傲江湖》，就是继承了曲洋、刘正风，跟蔡邕、嵇康这种不配合的精神吧？

左冷禅逼衡山派的刘正风跟魔教的曲洋划清界限。岳不群看令狐冲结交外人就逐他出门。然而，令狐冲依然自由自在，一直到小说结尾。

最后，朝阳峰上，任我行让令狐冲来当自己的副教主。令狐冲说："承教主美意，邀晚辈加盟贵教，且以高位相授，但晚辈是个素来不会守规矩之人，若入了贵教，定然坏了教主大事。仔细思量，还望教主收回成议。"

任我行逼问了一句："如此说来，你是决计不入神教了？"

令狐冲道："正是！"

这一段，就是令狐冲自己的《与山巨源绝交书》。求的就是不用站队，自由自在。

所以，这才是真正配得上弹奏《广陵散》与《笑傲江湖》的人啊。

阿紫与游坦之：爱情、控制欲与弱肉强食

《天龙八部》里，有一个星宿派。

师父也不太管弟子们，就让弟子们自己拼命。弱肉强食，不问手段，谁武功高，谁就能当大师兄、大师姐。

如此规矩，自然衍生诡异的情景来：弟子们彼此不知根底，平时假装客客气气，服服帖帖，竭力藏身缩首，闷声苦练。藏武功是为了自保，也是为了出其不意。哪天同门真打起来时，大家当然都趋炎附势随风倒，夸武功高的，骂武功差的；发现局势倒转，立刻集体沉默，准备换边。

按现在流行的话说：弱肉强食，丛林法则。

对待同门，就是这么虚伪且残忍。

对待师父，那是平时谀词不断，歌功颂德。

包不同身处星宿派控制之下，依然忍不住嘲讽，说星宿派逐日修习的，就是拍马屁以立足，吹牛皮以免被排挤，厚脸皮

来促成前两项——这番嘲讽,居然得到星宿派门人的首肯,还教导包不同:拍马屁要细致。比如师父放个屁,自然也是香的;更须大声吸,小声呼,以免嫌弃师父的屁不那么香。

然而,这是师父还在得意洋洋之时,他们自然要捧着说。

丁春秋在全书倒霉过两次。一次是被蛇缠了,于是众弟子集体倒戈,破口大骂;一次是被虚竹打败了,于是众弟子划清界限。投奔新主,宣称要为新主肝脑涂地。

大概弱肉强食的丛林圈子,就容易营造出拜高踩低,唯利是图的倾向吧。

星宿派的丁春秋,原本是逍遥派门下。逍遥派嘛,都是神仙中人,培训风格基本是放养。丁春秋的师兄苏星河,门下函谷八友,个个喜欢琴棋书画,耽误了练武功。

丁春秋反出逍遥派,便不允许自由放任,大搞内部竞争,追求效率至上,那也是理所当然。事实上也的确有效果:他这内卷的星宿派,至少战斗力就胜过了师兄门下那些散仙们。

星宿海在现今青海省,按说算西域了;但丁春秋在少林寺前,自称曲阜人,生于圣人之邦。所以自己的门派,虽是西边来的,却还是华夏正统——总觉得有点讽刺?

阿紫与游坦之:爱情、控制欲与弱肉强食

这样一个门派，培养出了我们可爱可畏的小阿紫。

阿紫在星宿派耳濡目染，学会许多套路。用毒耍诈，自不必提。妙在她的思维方式——

在小镜湖乍一登场，阿紫便耍诈装死，暗器使毒，无所不为。她有极强的控制欲：出场就用渔网，抓住了段正淳的保镖褚万里。

对待亲爹亲妈，她也不那么亲热。段正淳被段延庆逼上绝路时，她还幸灾乐祸。

康敏落魄了，她就乘机虐待：毁容，虫啮，兴致勃勃。

借了萧峰的能耐，阿紫不正当地充任星宿派大师姐，立刻就试图虐杀原任大师兄摘星子。

再后来，更试图毒倒了萧峰，让他听自己的话——终于挨了一掌，险些送命。

阿紫对爱与恨的理解，似乎都来自于控制。

她跟萧峰到了北国，贵为郡主，富贵已极，远离中原，却还存心想练她的毒掌。大概她总相信，只要自己变强，一切才能如愿以偿。

她后来追问萧峰，自己哪里不如阿朱，然而在萧峰心里："四海列国，千秋万载，便只一个阿朱。"

——其实萧峰即使说出来，也是鸡同鸭讲。阿紫真未必能理解。

她理解的爱，是强弱，是控制，是获取。只要自己喜欢，便能予取予求，那就是星宿派的规则教给她的。弱肉强食，强者就是可以控制弱者。

丁春秋练功的法子与带徒弟的法子，风格类似：带徒弟，让徒弟们自相残杀，强者出头。练功，就是在鼎内放一堆毒虫，让它们互相竞争，强者出头。

阿紫也是这么练功。当然，出头的毒物，最后都被她吸取成自身的养分了。

大概在星宿派的体系下，竞争的胜利者，就是被剥削得最厉害些吧？

她后来对游坦之的精神控制，也很巧妙：游坦之莫名其妙地，迷恋上阿紫的美貌，阿紫乐得利用他这点迷恋。她利用信息不对等，吓唬游坦之，说萧峰要杀他，只有遮住容貌，才能免得萧峰发现。这份哄诱叠加恐吓，让游坦之经历了惨绝人寰的悲剧，他被安上了铁头，却还对阿紫心存感激。

这就得说到著名的斯德哥尔摩综合征了。

斯德哥尔摩综合征往往伴随有：

一方挟持另一方；被挟持者感受到挟持者对自己存在的威胁；被挟持者感受到挟持者的略施恩惠；被挟持者与外界隔离，只能接触到挟持者，并觉得逃脱不太可能。

于是被挟持者会在恐惧不安后，开始配合挟持者。

阿紫追回游坦之，让他不能逃脱；吓唬他说萧峰要杀他，只有自己能救他；欺骗他说安上铁头是为了保护他，还给了游坦之一点恩惠，让他陪在自己身边。

如此这般，游坦之心甘情愿地当了阿紫的奴隶，成了阿紫的"铁丑"。

游坦之爱阿紫，被阿紫当做练功的一部分折腾。无巧不巧之间，获得冰蚕毒。这算是金庸先生对游坦之的一点怜悯（或残忍）。本来他只是阿紫练功的养料罢了，居然还逃得一条性命。

然而此后，游坦之再怎么努力，名扬天下了，出生入死了，腿打折了，都得不到阿紫的心。阿紫甚至舍了眼睛，也不愿理会他。

小说的最后，阿紫还听信穆贵妃的谎言，想用"圣水"控制萧峰，这才导致萧峰被擒。

终于雁门关前，萧峰死了。阿紫抱着他的尸身，那句话令人毛骨悚然:"姊夫,你现在才真的乖了,我抱着你,你也不推开我。是啊,要这样才好。"

直到最后,她的爱,还是带着控制的味道。

就像她试图用毒针射萧峰、给萧峰酒里下毒似的,她总想控制住萧峰,不管萧峰爱不爱她。

这份独占欲和控制,恰如她一登场时,裹擒褚万里的透明渔网。

而游坦之前来追她时,她的反应是:我欠你一双眼睛,还你便是。

——游坦之舍了自己的眼睛,所以占着道德优势;阿紫于是自瞎双目,宁可不要眼睛,也不要受游坦之的控制。

则阿紫的一生,都在试图控制与反控制。

大概,这就是丁春秋、阿紫与游坦之的故事:

丁春秋制造了一个弱肉强食的门派,鼓励残忍竞争,尔虞我诈,无所不为。

阿紫在其中耳濡目染学会套路,回头叛逃了。

但她秉持了这个作风,也不把人当人:把游坦之与毒虫们当做加强自身的养料,以求满足自己的控制欲。

游坦之为阿紫尽心竭力、伏低做小，什么都搭上了，一无所获。

甚至他付出的一切爱，对阿紫来说也只是："我欠你一双眼睛，还你便是。"

大概，对星宿派那个弱肉强食的规则来说，一切的爱与恨，最后都只能用控制或反控制、压榨与被压榨来体现吧？

张无忌被赵敏"我偏要勉强"之后

赵敏一句"我偏要勉强",冒着周芷若九阴白骨爪的威胁,将张无忌从婚礼现场抢了出来。

妙在张无忌看似是被动的,然而,当时金庸写张无忌那段心情却是:"不知如何,张无忌此刻心中甚感喜乐,除了挂念谢逊安危之外,比之将要与周芷若拜堂成亲那时更加平安舒畅,到底是什么原因,却也说不上来。然而要他承认欢喜赵敏搅坏了喜事,可又说不出口。"

他明明很乐意被赵敏搅了婚,但都不敢面对这真实的自己。

话说,类似的"自己明明没那么喜欢那个伴侣,对婚姻并不积极;却被周遭家庭亲友形势或是自己得当个体面人之类缘由所迫,于是懵懵懂懂走进了婚姻"的例子,非只一个。

托尔斯泰的《战争与和平》有一个名桥段:性格单纯的皮埃尔继承了大笔遗产,成为全俄顶尖的富翁,瓦西里公爵便存心要将自己美丽的女儿海伦嫁给他。

皮埃尔自己早认定与海伦结婚不会幸福,但他发现,社交场上,大家都认定他和海伦早晚会在一起,而他的性格温厚,说不出使大家失望的话。

终于,瓦西里公爵专门组了一个饭局,众目睽睽之下,就等皮埃尔求婚;皮埃尔也只好没话找话,跟海伦唠几句家常,却不肯求婚;期间皮埃尔起身想走,被瓦西里公爵一把按住。又如此僵持许久,瓦西里公爵演了这么一出:他让皮埃尔与海伦尴尬对坐聊了几句,自己扑进去,兴高采烈地搂着皮埃尔和海伦,说:"我很高兴……她会成为你的好妻子……上帝保佑你们。"亲朋好友们也一起流泪庆祝,海伦主动亲了皮埃尔。

于是,皮埃尔只好糊里糊涂地想:"已经晚了,一切都完了。实在说来,我也是爱她的。"于是有气无力地对海伦说:"我爱您!"——只因为他知道在这场合,必须这么说。

这种"明知道不太喜欢,但必须这么说"的情节,钱锺书先生《围城》里也有。方鸿渐不太喜欢苏文纨小姐,但出于体面人的礼仪,迫于苏小姐的恩威并施,还不得不常向苏家走动。当日苏文纨是只等方鸿渐正式求爱了,可方鸿渐只恨自己心肠太软,没有快刀斩乱麻的勇气,不敢跟苏文纨说自己不爱她。结果便是每去一次苏家,回来就懊悔这次多去了,话又多说了——和皮埃尔之于海伦,一模一样。

方鸿渐这个脾气,后来出了问题。他去三闾大学时,被传与女同事孙柔嘉的绯闻,于是挺身认了。事后方鸿渐与赵辛楣聊天,证实孙柔嘉确实用心想嫁给方鸿渐,但当时孙柔嘉聪明地以退为进:"刚才说的话,不当真的。"方鸿渐一时身心疲倦,没精神对付,于是认了,就此订婚。

结果,皮埃尔与方鸿渐踏进婚姻之后,也都不那么幸福就是了。类似这样的婚姻,其他人也写过。张爱玲在《红玫瑰与白玫瑰》里,佟振保被母亲催着结婚,于是马马虎虎,娶了看上去柔顺的白玫瑰孟烟鹂,"就是她罢"。当然,也不太幸福。加西亚·马尔克斯著名的《一桩事先张扬的凶杀案》里,有个非常有趣的段落。富贵公子巴亚多·圣·罗曼要娶小户人家的姑娘安赫拉。安赫拉不想嫁,因为未婚夫根本没有向她求爱,而是用自己的魅力搞定她的家人。终于她被全家逼着嫁给巴亚多,理由是"我们这个以勤俭谦恭为美德的家庭,没权利轻视命运的馈赠"——说难听点就是:你都算高攀了,还挑挑拣拣?当安赫拉说两人之间缺乏感情基础时,母亲一句话顶回来:"爱是可以学来的!"

所以您看,上面提到的这几位——

俄罗斯人托尔斯泰、中国人钱锺书和张爱玲、哥伦比亚人马尔克斯，也算是东半球西半球南半球北半球男男女女都齐了。

这相似的悲剧结果，可见大家都认定：这种婚姻，注定要糟。

这也不奇怪。

一个深度社会化的人，会接受一个社会角色，屈从于一种社会规范；甚至产生一种自我欺骗的思想，强制自己同意，以便符合从众目标的价值观和道德观。在大多数保守的世界观里，符合亲友朋辈们认可的婚姻是皆大欢喜的好事，所以，皮埃尔与方鸿渐也就稀里糊涂地做了所谓当时情况下该做的事。安赫拉试图反抗，却被家庭这个壁垒给挡了回去。

——实际上，张无忌和他的父亲张翠山，都经历过类似的问题。张翠山一度因为与殷素素的门派之争，俩人无法在一起，甚为痛苦，结果谢逊将他俩劫走，又遭遇海啸，阴差阳错之间，俩人在一起了。小说原文道：

"两人相偎相倚，心中都反而感激这场海啸。"

譬如他们的孩子张无忌，多年后被赵敏抢出来时，"甚感喜乐"。

实际上，张无忌在爱情上，方向挺明晰的：小时候的张无忌、孤穷之时的张无忌、当了教主的张无忌，所喜欢的也是不同的姑娘。

后来"四女同舟何所望"时，张无忌曾做了个梦，梦见自己娶了赵敏，又娶了周芷若。殷离浮肿的相貌也变得美了，和小昭一起也都嫁了自己。白天从来不敢转的念头，在睡梦中忽然都成为事实，只觉得四个姑娘人人都好，自己都舍不得和她们分离。

张无忌醒来时惕然心惊，吓得面青唇白。此后他想到要抉择，便告诫自己还有大业要完成。这就像《书剑恩仇录》，陈家洛也不敢面对霍青桐与香香公主一起爱上自己的事实，只好不断寻思大事业——所谓用另一个矛盾，来应付眼前的矛盾。

却也不奇怪：张无忌并非拿得起放得下的英雄，所以也有普通人的优柔寡断，有普通人的选择困难。也和皮埃尔、方鸿渐们一样，不敢面对真实的自己，得做一些社会认同的、他们做了觉得正确的事。

所以张无忌被赵敏抢出来，实在是作者对张无忌的仁慈：

大概在这一刻，他不用再考虑自己是明教教主、武当门派、殷天正的外孙、峨眉派的未来夫婿这桩桩件件乱七八糟的标签。

被赵敏抢出来后,他虽然还是不敢直面,至少可以考虑自己内心最真实的感受。

反过来想,又有多少人,没张无忌那么幸运,伴侣也没赵敏那么勇敢,无力抵抗周遭的压力;哪怕知道此后命途不测,但只要还没变糟糕,就带着侥幸心理,觉得"这是我该做的事""我不能让大家失望""爱是可以学习的""就是 ta 罢""没精神对付",于是一路走进并不快乐的婚姻之中呢?

当一个符合规范的好人当然挺重要,但是吧:出意见的人们只负责看热闹,悲欢却并不相通;自己的人生,做了决定之后,酸甜苦辣,最后都是自己承担。

郭芙看对眼就嫁了，郭襄她独自走天涯

《神雕侠侣》里，郭芙折腾了二武近乎全书四分之三的篇幅后，嫁了耶律齐。

《倚天屠龙记》里则告诉我们：郭襄独自走天涯。

乍看是姐姐和和美美，妹妹天涯思君不可忘。大概也会有读者心生不平：郭芙这么折腾，偏有好姻缘；郭襄如此可爱，却孤独到老？

但细想来，别有一番心思。

《神雕侠侣》里，类似郭芙这样，忽然看对了眼就在一起的姻缘，除了郭芙与耶律齐，还有两对：

大武小武，配了耶律燕和完颜萍。

若说耶律齐和郭芙相好，还有几分细节描写，大小武和耶律完颜，简直满带着作者"来不及细写了，你们随意成双作对吧"的劲头。

这习俗倒是古已有之：叙事作品里，多有这两种情侣。

一种心思单纯，嘻嘻哈哈，寻常婚姻，相对轻巧地凑个对，还挺喜剧：多是配角。

一种纠葛牵连，天高水长，相思迢迢，精挑细选，多灾多难，感情史往往与书同始终：多是主角。

后一种典型，便如金庸对付杨过和小龙女，堪称无所不用其极，什么磨难都给加上了：情感误解、师徒名分、公孙止逼婚、小龙女身中剧毒、十六年守候之期，上天入地，什么障碍都排满了——明明在小说第七八回，杨龙就已经感情和悦，可是硬生生拉到了第四十回才得团圆。

用好莱坞招牌的编剧模式，就是所谓"静态，提出问题打破平衡，解决问题回归平衡"，这样大家才有戏看。

普通人读小说，大概都想当男女主角，好经历跌宕起伏、惊险万端、飞檐走壁、山高海阔的传奇式爱情。可是类似的故事，往往全篇下来，嘴都亲不上。

配角们享用的，却往往是欢天喜地、粗枝大叶、活泼热闹、鲜花着锦的拉郎配式爱情。他们很可能早早完婚，主角都没在一起呢，配角们的孩子都能打酱油啦。

像莎士比亚不朽的《驯悍记》，男主角路森修和女主角比安卡是郎才女貌；而男二号彼得鲁乔则娶了极厉害的凯瑟琳娜，极带夸张效果。

比如大仲马的《三剑客》，阿多斯和达达尼昂两个主角，都没伴侣；波托斯和阿拉米斯二位偏配角的火枪手，都有了伴儿——波托斯那位夫人尤其带喜剧色彩。

甚至周星驰也用：在《唐伯虎点秋香》里，唐伯虎和秋香被折腾得不善；可是祝枝山、石榴姐和武状元的三角恋，热热闹闹、如火如荼呢。

《大话西游》里，吴孟达跟蜘蛛精就成了一对，转世还"辛苦娘子磨豆腐"，孙悟空和紫霞就"苦海泛起爱恨，在世间难逃避命运"。

金庸小说里，也分主角婚姻和配角婚姻。

配角，尤其是正派配角，感情一般容易圆满。至于主角，就相对比较多灾多难。例如《书剑恩仇录》，周绮和徐天宏就是在一两回里，欢喜冤家你情我愿，完成了爱情大喜剧；余鱼同磨到最后，也算娶了李沅芷；但陈家洛的主角爱情线，那就拖沓周折多了，也悲伤多了。

又比如《天龙八部》，篇幅最短的虚竹，感情线突如其来，而又圆满可爱；段誉那更是多灾多难，稀里糊涂；萧峰却是"四海列国，千秋万载，只有一个阿朱"。

《白马啸西风》里，李文秀喜欢的苏普跟女朋友圆满了，李文秀却"偏不喜欢"。

《倚天屠龙记》里，杨不悔和殷梨亭也是没几句话就在一起了，他俩凑对，更像是了却殷梨亭和纪晓芙的遗憾；张无忌却是四女同舟，直到结尾都扯不太清；殷离更是索性自己放弃了。

《射雕英雄传》里，程瑶珈本来思慕郭靖，后来因为和陆冠英患难生情，很迅速就嫁了，还挺快乐。

《碧血剑》里，焦宛儿被温青青怀疑，于是果断嫁给罗立如。

以上这些配角的爱情，不能说不般配，但未免过于迅速。你自然觉得很怪异，但作者最大，你有何办法？

再细看一眼：这些配角婚姻，多是拉郎配。作者安排一个归宿，把事情了却，之后也没下文了。比如《神雕侠侣》里，郭芙与耶律齐、大小武和耶律燕完颜萍结婚之后，也没啥细致的感情描写了。大概谁都想不起来，完颜萍也是被杨过亲过眼睛的姑娘——后来完颜萍的心里，仿佛就没了杨过这个人似的。

反过来，越是重要角色，反而越不易圆满，越要留一点遗憾。

譬如王重阳与林朝英，譬如无尘道长的那条胳膊，譬如《飞狐外传》里的陈家洛，文中也没有提他是否结婚，却只提了他一直在追念香香公主。《飞狐外传》结尾，程灵素死了，胡斐看着袁紫衣离去。

譬如郭襄选择青驴走天下，张三丰的一对铁罗汉藏了一百年。

大概没有结局却不敷衍的爱情，才是主角们才配有的待遇？

妙在金庸最后，还恶心了郭芙一下子：看似她和耶律齐幸福圆满了，然而结尾还是有遗憾：不如意事常八九，可与人言无二三。郭芙在最后襄阳大战时，有一段内心话：

虽然她这一生什么都不缺少了，但内心深处，实有一股说不出的遗憾。她从来要什么便有什么，但真正要得最热切的，却无法得到。因此她这一生之中，常常自己也不明白：为什么脾气这般暴躁？为什么人人都高兴的时候，自己却会没来由的生气着恼？

郭芙好歹还有遗憾，像耶律燕、完颜萍和大小武，都属于这种"凑吧凑吧就这样吧"的感情故事了，已经没心理描写了。

至于郭襄的特别之处……

话说，金庸小说的女主角，早期许多都是男性角色的镶边陪衬。

像《书剑恩仇录》里，香香公主写得很出色，但天真烂漫得过于纯粹，简直像硬送给陈家洛似的；霍青桐对陈家洛的爱也有点突兀；反过来，周绮和李沅芷两个女配角，还有点自主意识。

《碧血剑》里，温青青和阿九都有点脸谱化，都算袁承志的陪衬；最有血有肉的，反而是温仪、何铁手甚至何红药这些配角。

《雪山飞狐》里，苗若兰的性格挺单薄的，还不如田青文这只"狐狸精"出彩。

郭襄可能是金庸小说里，罕见的一个，没有最后去找哪个男性角色依附的存在。

她爱上杨过，没有结果，天涯思君不可忘，也没有随便找个人嫁，也没有突然爱上另一个，就坚持自己。

1960—1961年，金庸写了《神雕侠侣》的后半部分，以及《飞狐外传》的大部分：塑造了郭襄与程灵素。

1961年秋到1962年春，他写了《白马啸西风》，塑造了李文秀。

1961年夏天,《倚天屠龙记》开始创作。

1961—1963年,金庸一口气写了程灵素、李文秀、殷素素,以及和张无忌有羁绊的四位姑娘。

程灵素是七窍剔透的七心海棠。

李文秀说:"那都是很好很好的,可是我偏不喜欢。"

殷素素是"火烧眉毛且顾眼下",被谢逊赞许——远比张翠山要潇洒。

赵敏是"我偏要勉强"。

殷离会拒绝张无忌:"你是个好人,不过我对你说过,我的心早就给了那个张无忌啦。"

大概,她们都是坚持主见,不随波逐流的姑娘。喜欢就是喜欢,绝对不迁就,一直在尽量选择自己的命运。

当然也有纪晓芙,"不悔仲子逾我墙",连给女儿起名字,都叫做不悔。

而郭襄是这几位姑娘的先声。坚持自己,不肯迁就,自郭襄始。

她赶上国破家亡、爱而不得,就像萧峰在雁门关自刺之前,也是夹在历史洪流之间。

但作者就是这么安排了,连她的悲剧命运,都没有草草了事,而是精雕细琢。

不安排她随便找个谁团圆了,就让她天涯思君不可忘,就任她记得十六岁那年的烟花。她失了爸爸妈妈姐姐弟弟,命运给她安排了何足道和张君宝,但她也没有要。就去峨眉开创门派,在招式中夹杂了"黑沼灵狐"这样大大方方思念杨过的招。

杨绛先生曾写过《围城》相关的笔记,有这么一句话:唐晓芙显然是作者偏爱的人物,他不愿意把她嫁给方鸿渐。

与金庸给郭襄的结局,异曲同工。

世上当然有凑吧凑吧也能幸福的案例,但也有许多凑合的情侣,要么如大小武与耶律燕、完颜萍似的随随便便,要么如郭芙似的,多年后还会有遗憾。

当然,配角都是没心事的工具人,被剧情左右随便配个谁,也就配了。可是每个人都是自己生命里,唯一的主角。

相比起来,郭襄的孤单,至少是自己选择的孤单——那是作为主角系角色,不肯流俗的一点尊严。

类似的,张三丰与郭襄没能成,也没有像耶律燕与完颜萍,随便找个谁稀里糊涂在一起。那铁罗汉藏身一百年,也是自己选择的孤独思念。

第三辑

群像

侠客的日常

中国最早的江湖游侠,出现在《史记》的《刺客列传》《游侠列传》里。以韩非子说法,这些人的做派,是"侠以武犯禁",仗着武力与义气,违反禁律;司马迁则认为游侠是言必信、行必果、轻生重义,说到底是为了义气,说话算话,能打抱不平的人们。

韩非子是法家,为政府着想,觉得游侠很无政府主义;司马迁吃了苦,气性足,所以觉得游侠很酷。

从旁观者角度看,游侠是有才华、有人脉,不服官府管的牛人。后来李白写《侠客行》,推崇的则是信陵君门下那两位门客:受人恩惠,为人解灾,慷慨豪迈,不惜一死,好汉子。

后来虚构作品中,出现了其他的侠。

一种侠是民间的朴实侠,比如《水浒传》里的侠。宋公明哥哥仗义疏财、慷慨好施,江湖上听得,都要"啊呀"一声纳头便拜;鲁智深走在路上,听说山大王要娶桃花村刘太公的女儿,就去帮忙打山大王；武松听说蒋门神霸占了快活林，就去揍……这些听起来有点土气，但江湖上大家尊敬这种人。

这类角色，后来就变成了各类侠客书，所谓评书里的各类剑客老道、山寨匪首、金镖黄天霸之类。坏处是，这类民间故事的侠，多少有点土气，而且很容易不问是非——古代人也并不都政治正确。《水浒传》里的侠们，就可以大剌剌地杀人如麻：任侠尚气，混世魔王。

另一种侠，则是文人们在叙事作品里，创造的"奇侠"了。

唐传奇里的聂隐娘，十岁被一个尼姑带走了，五年后回来，已经学会轻功剑术和奇妙变化，而且专杀不义之人。聂隐娘还会变蚊子、变丹药、算命。这简直就是半个神仙了。

《太平广记》里的昆仑奴，被人围捕，可以持匕首飞出高墙，仿佛鹰隼，而且顷刻不知所向——这位简直就能飞，视地心引力如无物。段成式的《酉阳杂俎》里，僧人脑袋中了五发弹弓而没事，僧人的儿子可以飞檐走壁。至于《红线传》，红线可以半夜盗了盒子回来——简单说吧，唐传奇里的侠客，那都不是凡人，如果拍关于他们的纪录片，都得用特技才成。像荆轲拿着匕首绕柱子追秦始皇这类事，唐传奇里的诸位，都嫌太土鳖啦。

除了武功非凡，唐传奇里的诸位还会其他怪异套路。比如，聂隐娘可以算出刘纵会死，给他丹药，让他回洛阳，不然一年后便会死;《太平广记》里,"风尘三侠"之一的虬髯客,能一眼看出李世民是真命天子。这些已经超越武侠的范畴,进入仙侠的领域了——换言之,不是武侠小说,都成玄幻小说了。当然了,传奇嘛,要"奇"得炫目华丽,才过瘾呢。

文人之侠,是一种浪漫的、神仙化了的传说。如果说以前的侠是"为了义气,我去帮你砍人",那么唐之后的侠开始有"为了义气与世界和平,我来保护你"的味道了。

大多数人理想中的侠客,生活在评书人与小说家的言谈里,沧海高山,云雾缭绕。而现实生活的江湖……《水浒传》里的众生相,则更具体一些。

江湖好汉们的日常生活,大致是:靠家里积蓄过日子,如早期史进。

靠打山贼,黑吃黑挣个仨瓜俩枣,比如史进在瓦罐寺,比如武松在蜈蚣岭。

卖艺,比如病大虫薛永,比如打虎将李忠。

当雇佣兵,比如武松就帮施恩出头,醉打蒋门神,夺回快活林。

当老师,比如王进教史进,比如柴进庄上的那位洪教头。

或者直接组织帮派:比如李忠和周通抢下桃花山占山为王;鲁智深和杨志抢下二龙山占山为王——都是如此。

但最直接也最历史悠久的侠客生活来源则是：临时打工投靠，吃大户——俗称当门客。

像柴进，像宋江，武艺一般，地盘一般，却在江湖上赫赫有名，就是四个字：仗义疏财。好汉来投奔，慨然解囊给钱。

看林冲与武松在柴进庄上的待遇可知：过往囚犯、流亡侠客，过去拜见柴大官人，说一下自己的名气，柴大官人给吃给喝。吃饱喝足了呢，拱手多谢，从此欠你一个人情。

其实这些，也真是古已有之。李白的《侠客行》赞美的侯生、朱亥，都是当了信陵君门客。孟尝君手下那些冯谖之类，也都是有人养。自古以来，所谓养士、养门客、养死士，收罗的都是这路游侠。

《史记·刺客列传》里，如荆轲、聂政、专诸，严格来说，都是感恩图报的杀手。

《史记·游侠列传》里，两个侠客最有名。一是朱家，一是郭解。朱家很像柴进，靠着家里有背景，大肆藏匿亡命徒，比如藏起了季布。郭解更是后世游侠的典型：他年少时做游侠，杀人无算，做雇佣打手、藏匿凶犯、私铸钱、偷坟掘墓——无数不法勾当。成年后仗义疏财，结交当地官府，笼络附近豪强，组织私人团队。当然也有西汉初年的彭越：组织黑帮少年，搞起私人军队,跟了刘邦,最后裂土封王。

似乎大多数游侠,在成为"公职人员"(比如武松当了阳谷县都头)之前,都是雇佣兵、不法分子、混社会的打手、保镖、卖艺者之流。

《儒林外史》里记录过一个好玩的故事:两位官府公子很崇拜游侠,对某位游侠敬若神明;游侠某次拿回来一个渗血袋子,说我杀了仇家要跑路,您二位给点钱?二位公子赶紧给钱。游侠走了许久,大家琢磨要把袋子藏起来;打开一看:里面是一个猪头。

所以,似乎许多游侠还兼营诈骗,骗的就是相信游侠传奇的浪漫主义青年。这个猪头就是绝妙讽刺:宰的就是你们这些猪头!

但为什么大家还是向往侠客呢?

想来我们普通人,崇尚江湖游侠,先是因为世界太艰难,希望有慷慨好义、一诺千金的人,可以不受强豪的拘束,来打抱不平。出于这种心理,大家都把侠美化了,侠成了自由、浪漫、仁义、慷慨、潇洒的象征。

《水浒传》中的好汉,上梁山前,也只是雕印匠、保正、衙役、地主、连锁酒店经营人,过的还是寻常生活。他们做某某营生,喜好武艺。逐日练习枪棒,打熬气力,不近女色。遇到同道中人，便不迭引为知己，拉进酒楼，开始商略平生经历，临了赠送些盘缠。因为不在江湖，所以格外向往江湖。如老舍先生的《断魂枪》，就是一个很切实的故事：练武的人也要吃饭，也要卖艺，也会在新时代面前困窘与茫然。

当然啦，普通读者，还是更愿意接受金庸或古龙式的游侠与江湖：更有戏剧性，更传奇，也更有振衣沧海浮游天地的气势。

大概，大家从希望有侠来保护自己，到自己想成为侠，是因为现实生活太繁冗无趣。

然而大多数人不知道江湖在哪里，只好，像唐传奇的诸位作者一样，传颂着侠客的传奇，对江湖保留着一份美丽的幻想。

江湖好汉吃点啥

金庸先生有一个妙处：武功风格，凑着人物性格。比如洪七公刚正侠义，用的便是阳刚简朴的降龙十八掌；黄药师聪慧绝伦，便自创了华丽斑斓的落英神剑掌；令狐冲性子潇洒，便学会了"无招胜有招"；黑白子性格阴鸷，便用了滴水成冰的玄天指。

武功体现人格。吃的东西，亦然。

《射雕英雄传》里，郭靖与黄蓉在张家口那次传奇初见，在酒楼吃掉十九两银子，点菜之时，也可见各自风致。郭靖天真无邪，张口就要一斤牛肉、半斤羊肝，毕竟刚从蒙古来，就爱吃这一口——现在男生请姑娘吃东西，张嘴就要这个，那就没有然后了。妙在这点菜风格，也大合郭靖后来终其一生的朴实刚直。黄蓉立刻点了一串，连点菜都是她黄家家传的落英缤纷的风格，道是：四干果、四鲜果、两咸酸、四蜜饯……干果四样是荔枝、桂圆、蒸枣、银杏。鲜果要拣时新的。咸酸要砌香樱桃和姜丝梅儿，蜜饯是玫瑰金橘、香药葡萄、糖霜桃条、梨肉好郎君。八个酒菜是花炊鹌子、炒鸭掌、鸡舌羹、鹿肚酿江瑶、鸳鸯煎牛筋、菊花兔丝、爆獐腿、姜醋金银蹄子——

　　这些菜各有出处，多是来自宋朝笔记小说里的记载。宋朝饮食重果子，《水浒传》就有安排果子下酒之说。黄蓉在鲜果上不甚挑剔，也是因为张家口在北方，当时时鲜果子不太易得。姜醋金银蹄子这菜，跟《红楼梦》里赵嬷嬷吃的火腿炖肘子感觉是一路，取其腌香与肥厚吧。

　　小二听得咋舌，还被黄蓉训得点头哈腰，是为一快。话说，金庸很爱安排巧嘴姑娘对付饶舌店小二。《天龙八部》里，阿朱阿紫姐妹都曾经拿店小二开涮。阿紫风雪之夜，为了逗店小二，还强行点菜：红烧牛肉、酒糟鲤鱼、白切羊羔——听来确实符合荒村野店的风格。妙在阿紫点了菜，并不真吃，倒寻衅挑事，拿牛肉来擦皮靴。牛肉的油脂涂到靴帮上，顿时光可鉴人——我读着，觉得这红烧牛肉估计真的肥厚好吃，很接地气呢。

　　《笑傲江湖》里，令狐冲带领群雄去少林寺救任盈盈之前，先去吃了一份豆皮——豆皮脆糯好吃，又挺家常，很合令狐冲潇洒不羁的身份。如果让令狐冲去点四干果四鲜果摆一桌，不大对劲。

《鹿鼎记》里,韦小宝给鳌拜下药,是下在囚饭的猪肉白菜里。这个菜颇有道理:乾清宫侍卫们轮班,就进克食——也就是白切肉。慈禧爱吃炸响铃——烤乳猪煎得脆了,起下了皮,蘸椒盐,还是在猪上找,真好。

还是《鹿鼎记》,有过一段很细节的描写。韦小宝想哄云南来的小郡主沐剑屏吃饭,也是吩咐御厨房整治了过桥米线汤、蜜饯莲子煮的宣威火腿、云南黑色大头菜、大理洱海的工鱼干,这些才贴点儿地气。当时厨子提醒韦小宝:过桥米线汤油很重,虽然不冒热气,但很烫。这个描写精致得很,看着都活色生香。比起后来韦小宝吓唬俄罗斯人,要用他们的肉来烤霞舒尼克,自不可同日而语。

除了吃饭,做饭也显手艺的。

说回厨神黄蓉。黄蓉自己后来给洪七公做菜,用来给靖哥哥讨降龙十八掌。菜倒是五彩缤纷,但细一看,所谓"好逑汤",就是樱桃斑鸠肉荷叶汤;"玉笛谁家听落梅"则是肉条拧在一起烤的,工艺复杂,倒未必多好吃;后来又提到,黄蓉在火腿上嵌进豆腐球炖,估计味道不差,但也一般。总觉得工艺难度胜过味道。黄蓉这些菜,大体看着花哨,字句好看,真吃未必多动人。回味起来,想不出什么味儿。倒是洪七公啧啧难忘的鸳鸯五珍烩,据说是宋朝御厨全套家什才能做得;烩菜是看火候的,想来一定不错。

后来,在《神雕侠侣》里,华山上,洪七公与欧阳锋决斗之前,先吃了次炸蜈蚣。杨过在旁帮厨,看得咋舌不下。洪七公是将蜈蚣去壳、煮干净、下油炸,香脆鲜浓,我总想象,跟炸虾仁差不多的味道。

程英给杨过包过粽子吃,双儿给韦小宝包过粽子吃。她俩都是浙江人,虽然个性不同,倒是一样的温柔性情。反过来,您就很难想象,建宁公主会给韦小宝包粽子吃。

《天龙八部》里,阿碧与阿朱都是江南姑娘,给段誉做了一顿饭,段誉当场猜出来了:"这樱桃火腿,梅花糟鸭,娇红芳香,想是阿朱姊姊做的。这荷叶冬笋汤,翡翠鱼圆,碧绿清新,当是阿碧姊姊手制了。"——真是有贾宝玉风范啊,心思细得很。

我猜,金庸先生对湖南菜有好感,所以在《笑傲江湖》和《飞狐外传》里,令狐冲和胡斐都大吃湖南菜。金庸看来,湖南菜"筷极长,菜极辣",很有豪气。

比如《连城诀》,戚芳与狄云开场作为湖南乡下人,招待来客,杀了只鸡,煮了大盘白菜与空心菜,一盘盐水泡红辣椒。

菜既简朴又好吃，很有"故人具鸡黍，邀我至田家"之风；一盘盐水泡红辣椒，是得了湖南乡土菜之精髓了。空心菜则是贯彻全书的一个密码，很动人。

还是湖南。《飞狐外传》里，程灵素给胡斐做了三碗菜：煎豆腐、鲜笋炒豆芽、草菇煮白菜。没有荤菜，但鲜美异常。与胡斐同行的钟二爷心虚怕有毒，不敢吃；胡斐欢然吃了，以真诚得了程灵素芳心。单是这三个菜，我看着也舒心：笋炒豆芽、菇煮白菜，鲜是一定鲜的，豆腐又有蛋白质，健康得不得了，也合程灵素人淡如菊的风骨。一旦读完全书，知道了结局，每次想来如果程灵素真跟胡斐过日子，一定贤惠至极。重读到这里，看这一桌菜，真是断肠，真想骂胡斐两句：多好的姑娘啊，又懂医疗保健又会做菜，对你还是生死以之的真心，干吗非要喜欢不守清规戒律、到处踢馆、连真名都瞒着你的袁紫衣呢？

《倚天屠龙记》里，张无忌与周芷若虽然久别，但一饭之恩，不敢稍忘：只因当日周芷若给张无忌喂饭时，周芷若将鱼骨鸡骨细心剔除干净，每口饭中再加上肉汁——我看着都觉得好吃。宋青书为了这一口，大概死都甘愿吧？可见世事多不公平。

张无忌在去万安寺救人之前，和赵敏在北京的小酒店吃饭。吃的什么呢？涮羊肉。这是赵敏极可爱处：她一个郡主，呼风唤雨，什么弄不到？但请张无忌吃私饭，就是一锅涮羊肉。

既豪迈,又随意,热络喧腾,自家人。当场喝了酒,张无忌看着酒杯上的胭脂印,怦然心动。

周芷若是汉水边的姑娘,请张无忌吃鱼肉汤饭;赵敏是蒙古姑娘,请张无忌吃涮羊肉。殷离当日看张无忌腿骨折了,是请他吃鸡。

张无忌的口福,也真是连带着感情戏。他也是一个吃货。

当然,临了,因为是浙江人,金庸还是对江浙一带很有细腻感情。《天龙八部》里,金庸写段誉到无锡:"进得城去,行人熙来攘往,甚是繁华,比之大理别有一番风光。信步而行,突然间闻到一股香气,乃是焦糖、酱油混着熟肉的气味。"

——焦糖、酱油混着熟肉,金庸把握住了无锡民间饮食的精髓……接下来,段誉就要和萧峰在这种饮食氛围下,咚咚咚喝掉四十来碗酒,变成兄弟了。

又比如《书剑恩仇录》,小说约四分之一的篇幅发生在杭州,于是出现了以下吃食。乾隆被玉如意骗回妓院后,见的菜式:

乾隆见八个碟子中盛着肴肉、醉鸡、皮蛋、酱瓜等消夜小菜,比之宫中大鱼大肉,另有一番清雅风味。这时白振等都在屋外巡视,房中只有和珅侍候,乾隆将手一摆,命他出房。

女仆筛了两杯酒,乃是陈年女贞绍酒,稠稠的醇香异常。

如此下酒,实在妙绝。难怪乾隆乐不思蜀了——比起宫里什么"燕窝红白鸭子南鲜热锅",什么"山药葱椒鸡羹",还是这几样菜看得舒服啊!

但最好玩的细节,还有一处。

在一段几乎大家都忘了的情节里,陈家洛回海宁老家,见自己小时候的丫鬟晴画。待要走时,晴画要他吃东西,道是:

捧了一个银盘进来,盘上两只细瓷碗,一碗桂花白木耳百合汤,另一碗是四片糯米嵌糖藕,放在他面前。

陈家洛离家十年,日处大漠穷荒之中,这般江南富贵之家的滋味今日重尝,恍如隔世。他用银匙舀了一口百合汤喝……把糖藕中的糯米球一颗颗用筷子顶出来,自己吃一颗,在晴画嘴里塞一颗。

金庸小说,向无闲笔,尤其是修订本,该删的早删光了。

而居然如此细致地描绘菜名和吃喝细节，通贯浩荡十四部，再无第二处。

仅就这一段，我是这么猜的：这里描述的，是地道的海宁吃食。金庸自己，是海宁人。

一如余华写浙江、莫言写高密、老舍写北京、汪曾祺写高邮似的，张爱玲也写到老上海的菠菜包子。

所谓故乡风味，无时或忘，萦人至此。大概金庸写到这里时，是真的想浙江老家了吧？

题外话几句。说完金庸，顺带说古龙。

相对金庸来说，古龙笔下的诸位，很少吃山珍海味场面菜，很贴近大众。他甚至不刻意拟古，去写四干果四鲜果两咸酸四蜜饯这些，倒是很喜欢吃些我们熟悉的菜式。

古龙笔下阴险的反派，律香川和唐玉，不少都爱吃蛋炒饭。

《白玉老虎》里的唐玉前一晚杀了人，早起半斤猪油、十个鸡蛋，炒了一大锅蛋炒饭，看着都香。看着妖异，其实很妙。

《多情剑客无情剑》里，有两个孩子哭着要吃油煎饼，被妈妈骂了："等你们老子发财，再吃油煎饼吧！"孩子道："发了财就不要吃油煎饼了，要吃蛋炒饭！"

《决战前后》里，陆小凤想念老北京的早点，用火烧夹着猪头肉，就着咸菜豆汁，一喝就是三碗。他还说第一怀念的是豆汁，第二是炒肚，尤其是火烧炒肝，再就是褡裢火烧和馅饼。

《欢乐英雄》里，四个穷光蛋主角，有了钱也不过考虑吃个烧腊；燕七有碗面，窝几个鸡蛋就满足。

《多情剑客无情剑》里，有一个被上官金虹剖了的龙套，吃的倒是奎元馆，大概古龙对杭州面点有好感。

后来，《七种武器》里的《碧玉刀》，也是写杭州的吃一溜够：虾爆鳝面、油爆虾、排骨面浇头、菜肉包、盐件儿、蒸鱼丸、酥藕、炸八块，外加竹叶青。

除了欧阳情给陆小凤的泡螺见于《金瓶梅》，似乎古龙一般只写我们能吃到的东西，很亲民。我很怀疑，他写的就是日常自己吃的东西。

大概，古龙笔下，雍容帅气的儒侠相对少，更多的是被现实生活所迫、纠结不已的落拓江湖人。他们的饮食做派，都很接近现代人，只是恰好身处古代背景，还会武功。

陆小凤和楚留香忙于破案。郭大路、王动和燕七忙着过小日子。傅红雪忙着追查公子羽的真相。小鱼儿忙着追查自己的身世。赵无忌忙着报父仇。李寻欢忙着拯救阿飞和摆脱自己的心结。

古龙便是如此，给主角们一个无朝代背景的江湖身份，给读者一个视角，让他们自己走江湖。他们吃的，也都是很现代的食物，如此才让读者有活灵活现的置身其中感。

大概我们在宵夜馆吃着蛋炒饭时，隔壁坐的，就是一位古龙的大侠呢。

好玩的是，古龙好像很爱吃辣。说到辣菜，一气呵成。

《白玉老虎》里，一口气列举：豆瓣烧黄河鲤鱼外，麻辣四件——一样鱼唇烘蛋、一样回锅酱爆肉、一碗豌豆猪条汤。

《绝代双骄》里，小鱼儿要的：棒棒鸡，凉拌四件，麻辣蹄筋，蒜泥白肉，肥肥的樟茶鸭子，红烧牛尾，豆瓣鱼。

——吃口好辣！好江湖！

我原想是因为古龙笔下人物，比较江湖气，爱一口油辣；不像金庸笔下陈家洛相府公子，还要吃糯米糖藕。

后来一转念，查了一下：古龙籍贯南昌人，年轻时又住在汉口，他爱吃辣——嗯，立刻就理解啦。

侠客们穿什么

古龙小说里的人物,似乎都爱穿冷色调的简洁单色衣:古龙写小说,素来重意象。在这样一个世界里,衣服的色彩,自然容易决定一个人的格调。

像西门吹雪与叶孤城,月圆之夜紫禁之巅,一对剑客白衣如雪,飘飘欲仙,自是格调高绝;如果一个穿朱红,一个穿翠绿,就成了"红配绿一台戏",感觉大大不对。

《天涯·明月·刀》里,傅红雪一身黑衣,一把黑刀。天涯,明月,如夜色一般的黑衣,出鞘前是黑刀,出鞘后刀如明月,很酷。

他如果穿了一身橙红色的衣服,活像一罐快乐的橙汁,格调就落了下乘。所以,古龙小说里衣服穿得花花绿绿的人物,多是五毒童子之流。主角们多是黑白,如此比较酷。

另一方面,古龙小说里,衣服的关键是色彩,但同时,描写衣服细节处不多。偶尔有衣袖，有衣襟，有衣袂用来摆造型，飘飘恍若仙人。但是吧……裙，领，冠，绦，袍，襦，直裰？好像都没有。

大概对于古龙来说，本来也不想仿古写古，有色彩就够了。色彩就是符号。反正江湖儿女，又不是清河县西门大官人府，也不是大观园，没必要这么细致。

说到颜色，金庸笔下又另有一番风致。像《神雕侠侣》中，小龙女是不沾尘俗的姑射仙子，清丽不可方物，所以，金庸安排她穿白衣。

甚至《倚天屠龙记》开场，还让郭襄念了丘处机的词，来比照小龙女："浑似姑射真人，天姿灵秀，意气殊高洁。万蕊参差谁信道，不与群芳同列。浩气清英，仙才卓荦，下土难分别。瑶台归去，洞天方看清绝。"

金庸很喜欢让气象脱俗的人穿白衣。《倚天屠龙记》中，杨逍帅气淡然地出场时，也是白衣。香香公主出场也是白衣，让陈家洛看得目眩神迷。

黄蓉出场也是白衣，且不止如此，金庸当时，更刻意安排了周遭景致。先前黄蓉打扮成个小乞丐，跟郭靖一顿饭吃了小二十两银子，四干果四鲜果两咸酸四蜜饯吃得兴起。以原来模

样与郭靖相见时,连背景都是金庸专门预备的:

> 船尾一个女子持桨荡舟,长发披背,全身白衣,头发上束了条金色细带,白雪映照下灿然生光。

这个色彩搭配,先前看惯了黄沙漠漠的郭靖,自然看呆了。

哪位会问:欧阳克与欧阳锋,似乎也是白衣出场?那却是有缘故的。

东邪西毒南帝北丐中神通暗合五行。东木青,西金白,南火红(所以段家是一阳指),北水黑(所以洪七公的洪是"三点水"),中土黄。欧阳锋是西毒,所以一身白。

同理,黄药师是东木青色,所以穿一身青衫。他的弟子程英也是一身青衫。十六年后,神雕大侠杨过学黄药师戴面具,学黄药师穿青衫。

穿白衣的,大多不食人间烟火。反过来穿黑衣的,性格就独特一些。

木婉清是性格泼辣的美人,《天龙八部》里,她出场一身黑衣,戴黑面纱,黑夜里初见段誉,骑的是"黑玫瑰"——这一连串黑,都显出她的神秘来。玫瑰刺扎手,很合木婉清的个性。

但之后，木婉清摘下面幕，对段誉露出本来面目，却是花树堆雪，楚楚可怜。喝水时都如花朵承露，美丽绝伦。之前那一身黑，都跟她后来的苍白美丽，形成了鲜明对比。

任盈盈初出场，幽居在洛阳绿竹翁巷子里。后来出场，着一身淡绿衣裳。毕竟她是隐士性格，更喜欢绿荫深处嘛。

周芷若初出场，着一身葱绿衣裳。配合她白芷杜若的植物名字，金庸为了突出她最初淡雅清秀的性格设定吧。

赵敏初次出场，一身男装，宝蓝色，着意显她雍容华贵；再被张无忌摸脚时，是穿淡绿色了。

很巧的是，韦小宝初见阿珂被其美貌震惊，阿珂穿的，也是绿色。

袁紫衣穿的是紫衣。虽然她后来说什么紫衣就是缁衣，暗示自己出家了，但从色彩来讲，紫色代表神秘，也很符合袁紫衣的神秘做派。

古龙的《七种武器》第一部《长生剑》，一个神秘女主角，就叫袁紫霞。

张无忌后来见到的古墓派后人，穿一身黄衫。
陈家洛遇到的霍青桐，翠羽黄衫。

大概相对于超群脱俗的白衣，黄衣显得温柔，适合大多数美女吧？《雪山飞狐》里，苗若兰初次出场，气象清贵典雅，却也是身穿黄衣。

有一处颇为微妙的颜色。

如上所述，欧阳锋白衣，他侄子白衣；黄药师青衣，他徒弟青衣。颜色似乎是家传的。

但《倚天屠龙记》里，昆仑三圣何足道，初次出场时，一身白衣。弹琴、下棋、挥剑、唱歌，遇到了郭襄。

后来张三丰百岁寿辰，昆仑派何太冲上山时，特意写了一句："只见铁琴先生何太冲年纪也不甚老，身穿黄衫，神情甚是飘逸，气象冲和。"

本来一个配角，没必要特意说明穿什么衣服颜色的。

这里还特意提一句黄衣，显然和何足道的白衣不同。昆仑派为什么变色了？

我先前一直以为，这里色彩不同，是想强调何太冲与何足道虽然同出昆仑，同样姓何，但性格大不相同，也体现在颜色之上。

但后来读书时，才发现这个细节：何足道一身白衣遇到郭襄时，郭襄是骑青驴，着黄衣。

侠客们穿什么

大概，张三丰将郭襄的铁罗汉带在身上百年。何足道将郭襄的色彩记在了心间。《倚天屠龙记》第一回的回目，叫做"天涯思君不可忘"。

那一回最后一句话，是何足道对郭襄说："刚才的曲子没弹完，回头我好好的再弹一遍给你听。"

——当然，这个愿望，最后也没达成。何足道终于没再有机会，为郭襄弹一曲了。

我小时候读书时以为，"天涯思君不可忘"，说的是郭襄对杨过的深情；后来知道了：这里头还有张三丰对郭襄的挂念。

再结合昆仑派色彩的变化，再想一想当日何足道记忆中郭襄的衣裳色彩，这黄衣，又真是意味深长。

"我们是做了恶，可你也别揭露呀！"

张无忌学医的师父胡青牛，有个妹妹胡青羊；她救了华山派的鲜于通——那时，鲜于通正因为始乱终弃，被报复性下毒，生命垂危呢——以身相许，不料始乱终弃的惯犯鲜于通又抛了胡青羊。

胡青羊自尽了。胡青牛难过之极，引为终身恨事，告诉了张无忌。

光明顶上，张无忌排难解纷当六强，跟鲜于通交手，以彼之道还施彼身，让鲜于通中了自己放出的金蚕蛊毒，逼他当众认罪。

不料鲜于通痛苦之下，招认出了亏心事：不是逼死胡青羊，而是害死自己师兄白垣，嫁祸明教。

用赵本山的小品台词："还有意外收获！"

因为在"始乱终弃专业户"鲜于掌门心里，胡青羊是自杀的，不关他事；白垣却是他亲手害死的，心里倒真有些阴影。

按说到此为止,就是一个无耻之徒现形记。张无忌替华山派揪出一个坑害同门、阴险狡诈的杀人犯,华山派该当谢他才是。

然而好戏登场了。

华山派里,跳出一个高老者,一个矮老者,两位前辈高人。

矮老者向张无忌道:"我师兄弟是鲜于通这家伙的师叔,你帮我华山派弄明白了门户中的一件大事,令我白垣师侄沉冤得雪,谢谢你啦!"说着深深一揖。

然后,矮老者厉声道:"可是我华山派的名声,却也给你这小子当众毁得不成模样,我师兄弟跟你拼了这两条老命!"

看着是先礼后兵,但细想想,他这是什么鬼逻辑?

张无忌脑子还算清楚,替他们华山派找台阶下,说:"华山派清者自清,浊者自浊,偶尔出一个败类,不碍贵派威名。武林中不肖之徒,各大门派均在所难免,两位何必耿耿于怀?"说得多得体。

然而高矮二人还是要打,俩老头围着张无忌一个打,打半天自然是打不过,于是好玩的又来了。

高老者大忽悠,说华山派昆仑派有一套正反两仪,配合起来天下无敌。还直接放话:

"昆仑派中除了铁琴先生夫妇,常人也不配和我师兄弟联手。就不知何掌门有这胆量没有?"

硬生生把他们华山派的破事,跟昆仑派搅和上了。

之后就是昆仑派与华山派联手,四个高手打张无忌一个,一度大占上风,逼得周芷若在旁卖萌指点。

自然,张无忌最后还是赢了,但此刻水已搅浑,丢人的已不止华山派,又带上了昆仑派。

妙在高老者还是很洒脱,笑道:"胜败乃兵家常事,老子是满不在乎的。"

之后昆仑派撒泼,偷袭张无忌未遂,杀了鲜于通。高老者又出来"抢镜头":"昆仑派的泼妇,你杀了本派掌门,华山派可跟你不能算完。"

就这样,光明顶大战,其实最丢人的还是华山派。

金庸先生写的是武林,聊的却是人事。

华山派出了问题,不想着自清门户,不想着感激张无忌,却想先把张无忌给对付了。

哪怕张无忌给他们台阶下了,"华山派偶尔出个败类,不碍贵派威名",但华山派还是要撒泼打滚闹到底。

这里的潜台词是:"我们是犯了错,可是你怎么能当众揭露呢?"

《红楼梦》里,焦大所谓"胳膊折了往袖子里藏",就是这个意思了。

韦爵爷在《鹿鼎记》里说,当官的诀窍就是"花花轿子人抬人",嘻嘻,就是这个道理了。

之后,华山派发现没法对付张无忌,既然堵不住嘴,便把昆仑派也拉下水,搞成利益共同体,一起去对付张无忌。反正,最后要丢人一起丢,就是不能华山派自己一个门派丢人。昆仑派替华山派处理了罪人,华山派还要去追责:"我们华山派的人也轮得到你杀?"

——所以,为什么许多人都想找个靠山?

因为作恶有人替你背锅,犯事有人替你遮羞。背靠华山派,就等于逼迫整个华山派为你擦屁股,如此做起无耻的事来,尤其肆无忌惮。

而华山派的每个人,并没意识到自己在协助作恶,他们只觉得在维护自己华山派的体面。

毕竟,华山派在意的,就是自己的面子上是否下得去。

至于是非曲直,死者是否冤枉,他人是否痛苦,他们大可以施施然道:"胜败乃兵家常事,老子是满不在乎的!"

但凡没死在我手上,就不是我的错!

相声里有个包袱:好善乐施的大财主发愿,自家方圆十里,不能见一个穷人——真见了穷人,闭目大叫:"快把他赶走,我的心都碎了!"

毕竟,离了善人视线的穷人,就不归善人负责了;穷死也不关善人的事。

《笑林广记》里有一个段子,逻辑类似:说有人中了一箭,去找外科医生;医生把露在外头的箭杆剪了,说治完啦;伤者说:箭还在,伤没治完啊?

外科医生说:那是内科的事了——我是外科的!

这道理当然荒诞,但经常被化用到其他领域。

话说,通俗叙事作品里,往往有个定律:

手上沾过血的恶人,没法洗白,最后总得以死谢罪;手上没人命的,哪怕做了坏事,但凡肯悔改,就还有回旋余地。

这也符合人民朴素的心理：善有善报恶有恶报，冤有头债有主，因果循环报应不爽，欠债还钱杀人偿命。

为此之故，许多作品都有这样一个定律：

如果你想丑化一个角色，让他滥杀几个人。如此，最后再怎么对付他，大家也觉得理所当然。

如果你想美化一个角色，就别让他滥杀无辜；杀了也要说不是他杀的，以求免责："是内科的事——我是外科的！"

这方面，金庸小说就极有讲究了。

比如《射雕英雄传》，彭连虎、沙通天、侯通海、灵智上人这老几位，出场时都是恶人反派，但后期简直成为喜剧角色，结尾也都得保性命，甚至一直活到《神雕侠侣》结束，皆因他们没有滥杀无辜，所以到结束时，还能留得残生，大家也不觉得有问题。

反过来杨康参与过杀江南六怪，那就罪有应得、恶贯满盈，必须处死了。

比如《笑傲江湖》，林平之虽然抢了令狐冲的小师妹，但也罪不至死；他杀余沧海和木高峰，算是为自己报仇，更不足以将他设为大反派。

直到最后，金庸安排他杀了岳灵珊，那才真让他成了恶人，以至于令狐冲最后将他因于西湖湖底，任盈盈还认为不错。

类似的，《鹿鼎记》里，郑克塽抢阿珂，罪不至死；但他谋刺了陈近南，那就活该被韦小宝随意折腾，大家也觉得活该，甚至不够出气了。

《天龙八部》里，慕容复长期当段誉情敌，虽然让读者恼恨，但到底不是罪大恶极；直到他杀了段正淳的几位情人，这才真正无可挽回地，成了反派。

作者安排反派杀人，让其成为恶人；反过来，也得安排那些不是反派的人别致人死地。

比如，《神雕侠侣》里，小龙女在终南山重阳宫受了全真教诸子一击，重伤垂死。

但后面，金庸还多安排了一番复杂的剧情：杨过为小龙女治伤时，小龙女误中了郭芙的毒针，遂有杨过与小龙女的十六年之别。

何以要安排这样的剧情？

大概，若是全真诸子打得小龙女垂死，读者都会因此恼恨全真派；《神雕侠侣》里，全真派形象虽然也不大好，但大体还是玄门正宗，不能真成了大反派。

而郭芙本来就是个自我中心的大草包，娇生惯养的败家千金，什么乱七八糟的坏事都是她做的，反正她也砍断杨过的胳膊了，一世都让读者恨，虱多不痒，债多不愁，那就安排她再去毒一毒小龙女，罪状都由她一个人顶就得了——如此，小龙女没倒在全真派手里，就不怪全真诸位了！

上面这样，还算是编得顺溜的。

也有编歪了的，编得让人觉得尴尬的：那就是《倚天屠龙记》了。

《倚天屠龙记》里，周芷若在岛上放逐赵敏、对殷离下手，搞出"刀剑皆失人云亡"的惨剧。本来这等行径，可算是十恶不赦了。

但后来，小说里又得留她一点回旋余地，于是：金庸让殷离神奇地，从坟堆里爬出来了——殷离不是周芷若害的。

殷离只要不死，周芷若就有回旋余地了，她手上纵然多几桩罪行，也没那么致命了。虽然牵强，但也凑得上。

更荒诞的，还是殷天正之死。

当时张无忌为救谢逊,带着杨逍和外公殷天正,去和少林"三渡"这三个老流氓大战,初战未胜;下山后,外公殷天正死了——小说里还赶紧找补几句:"原来他当日在光明顶独斗六派群豪,苦苦支撑,真元已受大损,适才苦战渡难,又耗竭了全部力气,加之年事已高,竟然油尽灯枯。"

如果张无忌是非分明,这里就和少林结下了血仇:殷天正是他亲外公啊。囚禁义父,逼杀外公,这等大仇,不对付少林,说得过去吗?当年龙门镖局都大锦一门死得不明不白,少林还伙同其他门派去武当山以此为借口,终于逼死了张翠山呢。张无忌这可不得以彼之道还施彼身,对付少林?

但天大地大,作者最大。作者赋予张无忌的使命是弥合矛盾,不能真的踩平少林。

所以了:金庸专门安排殷天正,别死在"三渡"面前,而是死在下山之后;还绕了一大圈,说什么殷天正之前已经伤了真元,加上年事已高,这才油尽灯枯。

——左躲右闪,反正就是不直接说:殷天正死于"三渡"之手。

而一向好强的明教诸人,也就稀里糊涂,就此一笔带过,不去提了——白眉鹰王简直就是,为了救金毛狮王,白死了。

为了救义父,还搭上一个外公,这是什么道理?

这里就得引用孟子了。

孟子曾问过梁惠王:"拿棒子杀人和用刀子杀人,有不同吗?"

梁惠王说没啥不同。

孟子:"刀子杀人和为政杀人有何不同?"

梁惠王说没啥不同。

孟子说:你有肉吃,百姓没肉吃,此率兽而食人也!

同样的道理:明明就是"三渡"害死了殷天正。但小说设定仿佛就是:"殷天正你死也要死到山下去,别死在'三渡'面前;只要你不在'三渡'面前死,不管怎么死的,都不是我们害死的哦!"

后面"三渡"居然还厚着脸皮收谢逊为徒,说一堆佛家道理。明明之前拘泥于旧仇的是他们,被张无忌救了的是他们,逼死殷天正的是他们。

搁我是张无忌,看见这三个被我救了性命、还逼死我外公,还好意思收我义父当徒弟的老贼,可不得气碎口中牙？

可是小说里设定：殷天正的死俨然不关"三渡"的事。

这和把穷人赶走免得善人心碎的道理，其实都是一样的，都属于偷懒推卸责任式的："我就负责我做的事，只要不是在我地界儿在我负责范围内，就不是我的事了！"

类似的推卸责任，还可能让人火起。

《天龙八部》里，乔峰虽千万人吾往矣，独闯聚贤庄，大战群豪。虽然大发神威，但手上还有分寸，不下死手。

只有遇到这一茬，他才恼怒起来：

当时快刀祁六从柱上落下，恰好落在乔峰与少林二位高僧之间，被打死了。玄难和尚厚着脸皮说："阿弥陀佛，善哉善哉！乔峰，你作了好大的孽！"

乔峰大怒："此人我杀他一半，你师兄弟二人合力杀他一半，如何都算在我帐上？"

玄难强词夺理："阿弥陀佛，罪过，罪过。若不是你害人在先，如何会有今日这场打斗？"

于是乔峰终于爆发了，怒道："好，一切都算在我帐上，却又如何？"恶斗之下，蛮性发作，陡然间犹似变成了一头猛兽，从此才开始大砍大杀。

本来嘛，不该他背的锅，安在他背上；该少林和尚背的锅，也要扣在他身上。玄难的诡辩和"三渡"的无耻，道貌岸然背后，都是一派铁齿铜牙：只要没死在我手上，就不是我的过错；哪怕死在我手上，也要栽到别处去。

什么玩意儿！

仪琳、小昭、程英、双儿：温柔的结局

沈从文先生在《边城》里有一句：牛肉炒韭菜，各人心里爱！

汪曾祺先生跟他师父耍个文字游戏，在《三姊妹出嫁》里，借卖馄饨的老秦之口说："麻油拌荠菜，各有心中爱！"

——话说，牛肉炒韭菜和麻油拌荠菜，恰好对应了沈从文与汪曾祺各自笔下典型人物的气质：湘西水手和淮扬市民。

嗯，跑题了，反正世人各有所爱，《射雕英雄传》中，黄蓉与瑛姑斗嘴，彼此戏谑对方的意中人：

黄蓉道："你别胡思乱想，我妈妈是天人一般，那周伯通顽劣如牛，除了有眼无珠的女子，谁也不会对他垂青。"

瑛姑回击："既有人爱蠢笨如猪的郭靖，自也有人喜欢顽劣如牛之人。"

道理也很到位，各人喜欢就是了。

比如张无忌，既爱秀雅如周芷若，也爱妩媚如赵敏，对情深义重的殷离与乖巧俏丽的小昭，那也放不下。

金庸先生在后记里写："周芷若和赵敏却都有政治才能……我自己心中，最爱小昭。只可惜不能让她跟张无忌在一起，想起来常常有些惆怅。"

这段话很有趣。最爱小昭，却又不能让她跟张无忌在一起。他自己是作者，怎么就不能让小昭跟张无忌在一起呢？

而且小昭并不是孤例。金庸小说里，大家固然都爱女主角如赵敏、小龙女、黄蓉，但也有些读者偏偏爱配角。比如《碧血剑》，喜欢何铁手与阿九的读者，未必少过了温青青的拥趸。《鹿鼎记》的读者如果投票，喜欢双儿的票数会最高，至少远在阿珂之上。《神雕侠侣》里程英与郭襄的粉丝也不会少。我自己读《天龙八部》，会觉得钟灵与木婉清，比王语嫣可爱多了。

自然了，还有《笑傲江湖》中的仪琳。

这些姑娘为什么如此可爱呢，又为什么往往不能跟主角在一起呢？

可爱的答案，大概是温柔。比如阿九美丽，又不像温青青那么好妒；双儿和程英都温柔；仪琳则是一片心为令狐冲好……

在男女平等的现代,这么看虽然有点政治不正确,但读小说的诸位,很容易对这种温柔性格倾心。

至于何以不能在一起呢,回到金庸先生写小昭那句话:"我自己心中,最爱小昭。只可惜不能让她跟张无忌在一起,想起来常常有些惆怅。"

"不能"这两个字,很有意思。

作者与读者对人物的设置,是有不同观感的。

读者看的,是人物给自己的感受。作者想的,却是人物的作用。

上文提到了周伯通顽劣如牛。为啥设定他是这么一个顽劣脾气呢?

因为《射雕英雄传》需要一个不安定因素:周伯通可以因为顽皮的动机硬让郭靖学会《九阴真经》,可以因为打赌输了就跳海让洪七公们身处险境,可以因为怕蛇就被裘千仞追着打,可以在烟雨楼关键时刻登场解决窘境——他就是个强行制造矛盾与解决矛盾的机械降神嘛。到《神雕侠侣》里,他因为顽劣,把杨过带到了绝情谷,让小龙女领悟了左右互搏,还跟杨过打了一架,引出了黯然销魂掌。

金庸一定让段誉的武功时有时无,如此才可以随意捏造险境与顺境。一个有可能性的主角才是好主角。反例就是,张无忌在中后期武功过高,金庸只好无限捏造"风云三使""少林三渡"之类新角色来给主角设置障碍。

每个角色都是有作用的。性格强烈的角色,动机越强烈,对情节的影响也越巨大。

比如,阿紫的设定就很独特:她必须是个刁蛮的孩子,但萧峰又必须照顾她,这才能引出她受伤,才能顺理成章地把萧峰引到北国,不小心拯救了大辽基业,成为南院大王,为雁门关埋伏笔。

自然,如阿紫这样性格强烈的角色,动机不太容易改变。写出来后,容易无处安置。

性格温和的角色,就相对容易一些了。

比如,在《笑傲江湖》这场政治大戏里,令狐冲是一个不断出入于上层势力斗争的游侠。任盈盈与岳灵珊则是两个女主角,代表着他的归宿与初恋。

仪琳这条线,于是有了别样的意义。

仪琳引出了令狐冲的登场。让令狐冲与田伯光有了交情,直接带出独孤九剑。

仪琳对令狐冲的痴恋,引出了她父亲不戒和尚与桃谷六仙。他们直接让令狐冲身受内伤,处于绝境。

因为对仪琳的感情,令狐冲才会在脱离梅庄,完全可以自由自在的情况下,参与拯救恒山派,然后见证了左冷禅的阴谋。

因为从此与恒山派有了瓜葛,他才能接任恒山掌门,并且亲身参与本书最重要的剧情:封禅台大战,目睹岳不群与左冷禅的枭雄对决。

假如没有仪琳,那么独孤九剑的引出、令狐冲的内伤、令狐冲被华山派逐出门墙后居然还能参与目睹五岳剑派的一切,就都没那么顺理成章了。

所以,仪琳的痴恋只是一个由头,背后带出的令狐冲与不戒和尚、桃谷六仙、田伯光及恒山派,才是关键。

类似于,《飞狐外传》里,马春花少女时救过胡斐,只是个由头,胡斐如此才有理由与动机去福康安府大闹大斗,甚至闹出与陈家洛的误会来。书的后半部分才写得下去。

类似于,《倚天屠龙记》里,小昭的主要功能,是带出紫衫龙王这条故事线,以及让张无忌领悟乾坤大挪移。她如果性格好强如赵敏,那自然就不会跟张无忌"东西永隔如参商"了——但读者对她的观感多半也会变吧。

类似于,《射雕英雄传》里,程瑶迦程大小姐莫名其妙就爱上了郭靖,后来才有牛家村一幕,只是为了让她配陆冠英的一场喜剧。

比如钟灵,情节需要时把段誉引向万劫谷并认识木婉清,然后退场,后来到需要时,再出现在少林寺救了段誉。

大家都爱双儿,但她在《鹿鼎记》里也曾消失过一阵:双儿自随韦小宝后,平时是他的保镖,但在韦小宝跟建宁公主鬼混、决战洪教主这些情节中,她是被自动滤出情节的。情节需要她时,她才出现;情节不需要她时,她会消失。

这类女配角们,没有女主角——赵敏、任盈盈、黄蓉、袁紫衣们——那么强势。她们大多数时候,负责引出情节。而好的情节牵引,应该召之即来挥之即去。类似于金圣叹评点《水浒传》,看某角色被杀或退场,"了某人",了却的意思。一个容易了却,召之即来挥之即去的角色,才是作者需要的好角色。

所以,小说家需要一些性格强烈、动机积极的主角来推动情节,但也需要一些性格温和、召之即来挥之即去、有很大可能性的配角,来补完情节。于是金庸先生就写了一批不争不闹,在需要时带动情节,在不需要时退场的温柔角色——小昭、仪琳、程英、钟灵……

结果反而让大家爱上了——毕竟读者读小说代入了情节后,都喜欢那些默默对自己好的角色。

当然,这里也是金庸与一般作者的区别了。

若是一般作者,看小昭如此可爱,多半会强行加戏,让她成为女主角;看仪琳那么招人疼,也许让令狐冲直接一娶娶俩,把仪琳和任盈盈一起娶了;看程英和陆无双都挺可怜,不如一起跟小龙女,去陪杨过凑一桌麻将吧!

但金庸还是:神雕侠侣绝迹江湖,东西永隔如参商——哪怕自己都觉得惆怅。虽然狠心,到底没落了俗套。

除了《鹿鼎记》那种狂欢与解构的自我玩耍,让韦小宝凑了七个老婆。

那些温柔而容易处理的角色,最后都被金庸赋予了一点随遇而安的纯真性格。这也算是金庸式配角里无心插柳塑造出来的一类空谷幽兰了吧。仪琳最后修了佛,小昭最后去了西域。让人怅惘,但也好。

而另外两位类似典型角色的不同命运,却值得一提:程英与双儿。

《神雕侠侣》里,嘉兴姑娘程英给杨过包过粽子吃。

《鹿鼎记》里，湖州姑娘双儿也给韦小宝包过粽子。

杨过吃着粽子，程英感叹："你真聪明，终于猜出了我的身世……我家乡江南的粽子天下驰名，你不说旁的，偏偏要吃粽子。"

韦小宝吃着粽子，说："双儿，这倒像是湖州粽子一般，味道真好。"双儿答："你真识货，吃得出这是湖州粽子。"

作为浙江人，金庸先生对粽子，包括一切糯米制品，都念念不忘。《书剑恩仇录》里，晴画就给陈家洛做了一份糯米糖藕。

大概程英、双儿都是温柔细心的，所以金庸安排她们给主角包粽子吃？

我小时候，家常包粽子都是所谓白粽，也许加点赤豆，蘸糖吃。小孩子喜欢吃粽子角，蒸得糯软。粽子底往往口感有些板，孩子嘟嘴不肯吃，家长还会骂。我觉得肉粽是伟大的发明：肥肉蒸融，精肉丝缕，粽子浸透肉汁，越吃越好吃。但大概一般人家里做得好的少。我们那里，肉粽都是店里买的——白粽类似于菜肉馄饨，自家包包；肉粽类似于虾肉馄饨，店里吃。

程英给杨过做的粽子，甜的是猪油豆沙，咸的是火腿鲜肉。双儿给韦小宝做的，是肉香糖香俱全的，大概甜咸都有。

真是用心熨帖，可爱极了。

程英这个粽子，还有后续。

杨过用粽子沾了她写字的纸来看，但见"既见君子，云胡不喜"。程英对杨过的感情，都寄托在里头了。

杨过跟小龙女生生死死，跟陆无双一路逃难，跟公孙绿萼钻地见母，都是很跳脱的剧情。只有跟程英在一起，是小庐、写字、粽子——温柔蕴藉，慧心深藏。

程英初次出场，是为了救杨过与陆无双。她之后救了杨过，"云胡不喜"之后，又做了引出冯默风、黄药师和傻姑的引线。自此之后，她与杨过就再没单独相处过了——剧情工具人。

终于到绝情谷剧情终了，杨过要跟她结拜兄妹。

胡斐和程灵素结拜兄妹时，程灵素的脸瞬间通红惨白，一时简直有疯态，让胡斐尴尬不已。本来嘛，这种事，谁经得起呢？

可是程英啊，听说杨过要结拜兄妹，都眼中含泪了，还得帮着劝陆无双，说什么"咱两人有这么一位大哥，真是求之不得"。她都伤心到极处了，还得这么周全别人。

因为粽子（和温柔的性格），我一直把程英和双儿算一类人。

到了《鹿鼎记》，按惯例，按美貌，按主角的倾心程度，明显阿珂拿了女主角剧本，双儿是女配角，按说该和程英似的，当配角算了。但这次，金庸先生没这么写。

阿珂虽美，却被他写得相当不可爱，而双儿一直可爱得不行。终于后来，韦小宝在岛上重见双儿时的反应，露了真心。

韦小宝大喜，一把将她抱住，叫道："好双儿，这可想死我了。"一颗心欢喜得犹似要炸开来一般，霎时间，连阿珂也忘在脑后了。

韦爵爷一辈子的情意，从来吊儿郎当、半真半假。但这里是真正欢喜到了极致，连阿珂都不管了。

通读过《鹿鼎记》的读者自然知道：双儿是从一个女配角，慢慢超过了美貌第一的阿珂、天生贵胄的公主、武功高绝的苏荃、最早认识的小郡主，成了小说第一女主角。

我就自说自话地认定了：这是金庸先生对双儿，也包括对程英、仪琳、钟灵们的歉疚与补偿。大概是，天涯海角各种酸甜苦辣见识下来，还是承认双儿包的粽子最好吃吧？

只是，白云流转，韦爵爷最后还是回来了双儿身边；杨过与程英嘛……

绝情谷一别十六年后，杨过出现在襄阳。那时他显然又见到了程英（与陆无双）。

大家都在感叹十六年后的郭襄和杨过如何，但其实十六年后，程英是跟着大家一起追查杨过的下落，但等杨过真出现后，真是一个字都没再提到这俩人有何交集。

程英在杨过离去后，说了一段话："三妹，你瞧这些白云聚了又散，散了又聚，人生离合，亦复如斯。你又何必烦恼？"

这段话，越是年纪大了，读来越是怅惘。

因为大多数普通人，慢慢长大，慢慢意识到自己并没拿到生命中的主角剧本，所以会对程英的经历，更加感同身受吧？

对主角们来说，那些粽子，那些"云胡不喜"的字句，以后都可以算定情信物。

对非主角来说，那些就是刹那芳华吧。

恰如郭襄十六岁的烟花、公孙绿萼绝情谷的情花、张三丰藏身一百年的铁罗汉，一模一样。

那些说不出的苦

最令人难过的悲剧，莫过于冤屈。

《射雕英雄传》里，郭靖与黄蓉相聚之后，故事遂成轻喜剧。纵然千难万险，但郭靖敦厚，黄蓉灵巧。海上孤岛，密室疗伤，飞天遁地，两人最后总能逢凶化吉。氛围开始凝重起来，是这一情节：郭靖的五位师父死了；柯镇恶咬牙切齿，认定黄药师是凶手，要杀黄蓉。

那段情节，郭靖罕见地，与黄蓉反目了。他还保有最后的理智，自言自语："我不杀蓉儿，不杀蓉儿！"但终究杀师之仇梗在中间，二人是不能在一起了。之后，烟雨楼一番大战后，铁枪庙中，黄蓉揭穿了真相，还了自己与黄药师的清白，让杨康咎由自取地死了，还救了柯镇恶。这番冤屈，才算翻过来。但也因了这段情节，郭靖与黄蓉终究经历了书中最漫长的一段离别。

细想却也不奇怪：毕竟《射雕英雄传》全书，郭靖都在一路成长；到那时，也只有与黄蓉分离的危险，才能算真正的危机，能让读者紧张起来。五怪之死，黄蓉之冤，是全书最后的一处大沉痛、大关节。过了这段，郭靖就要直面与成吉思汗的矛盾，就要去华山论剑了。

之后的冤屈，就没那么轻松了。

《倚天屠龙记》中，有过一个双重冤屈。先是周芷若玩了一出"刀剑皆失人云亡"，嫁祸赵敏，让张无忌恨赵敏恨得牙痒痒。赵敏自辩委屈，但张无忌不信。

妙在恰于此刻，张无忌自己遭了冤屈：武当派诸位师叔误会他杀了莫声谷，要跟他拼命。等冤屈澄清之后，赵敏立刻举一反三，跟张无忌说："莫七侠是你杀的么？干么你四位师伯叔认定是你？殷离是我杀的么？干么你认定是我？难道只可你去冤枉旁人，却不容旁人冤枉你？"

当时，张无忌听了这话，如雷贯耳。他此刻亲身经历，方知世事往往难以测度，深切体会到了身蒙不白之冤的苦处。

值得一提的是，以 1959—1961 年连载的《神雕侠侣》为界，金庸笔下，此前的江湖好汉大多善恶分明，此后则有了偏激赤诚如杨过、迟疑犹豫如张无忌这样游走于正邪之间的主角。《倚天屠龙记》中正邪并没有那么泾渭分明，所以连冤屈都有了两个角度：张无忌自觉正义，冤屈了赵敏；但他自从自己遭受冤屈后，才知道被冤屈的痛苦。

《倚天屠龙记》后，金庸在1963—1966年，连载了两部小说——一是《天龙八部》，一是《连城诀》（连载时叫《素心剑》）。

而这两本书的主角，全都身历巨大的冤屈。

《连城诀》的故事，众所周知，借用了大仲马《基督山伯爵》的套路。《基督山伯爵》中，马赛水手爱德蒙·唐泰斯将与未婚妻成婚，却被情敌诬陷入狱，被一个明智的神父点穿了真相，方知自己被冤屈；《连城诀》中，狄云与戚芳本来两情相悦，却被情敌诬陷入狱，遇到丁典，方知自己被冤屈。

然而，唐泰斯最后出狱，得到富贵后，可以好整以暇、步骤周密地复仇；狄云却是被冤了整本书。他被戚芳误解，被水笙误解，被江湖群雄误解。最后他也选择了遁世。

这份被群体冤屈的遭遇，《笑傲江湖》中也有体现。令狐冲被师父冤屈，以为他杀了陆大有，从华山到洛阳再到五霸冈，常背嫌疑；后来在福建，又被岳灵珊冤枉，认定他偷袭了林平之。那时令狐冲有冤无处诉，气苦到了极致。

但更惨的，是萧峰。

《天龙八部》里，萧峰的悲剧，泰半来自于他的受冤经历。

他身背不白之冤，救了阿朱之后，听着向望海、祁六和鲍千灵在隔壁骂了他一宿。

他于是愤怒起来，将心一横，决定迎难而上，次日带阿朱去聚贤庄，找薛神医。

在卫辉，他听人传得沸沸扬扬，说乔峰如何忽下毒手，害死了谭公夫妇和赵钱孙时，已经没有动怒了。

到山东，单正全家被烧。自然又有人骂乔峰。

阿朱看他时，见乔峰的表情似是伤心，又似懊悔，但更多的还是怜悯，乔峰叹了口长气，黯然决定去天台山找智光和尚。

到此他终于知道了自己叫做萧峰。

后来听阿紫说，大理诸位听了江湖传言，都说萧峰忘恩负义，残忍好色。

萧峰已经能自嘲了："嘿，'忘恩负义，残忍好色！'中原英雄好汉，给萧峰的是这八字评语。"

雁门关前，萧峰逼辽退兵后，自尽了，还要被其他人议论，探讨他为何而死。此时半疯的阿紫朝人群叫了一声："你们害死了我姊夫！"

而她拖着萧峰的尸体一起跳崖，最后说了句："咱们再也不欠别人什么了。"

借半疯人之口，说出尖锐真相，也算是古典戏剧常见的手法了。

萧峰当然并非中原群豪亲手害死的，但他确实经历了受冤屈之后，慢慢被群体排挤从而边缘化，慢慢被放逐，终于到死都不被理解的悲剧。

相比起来，郭靖与黄蓉之间的误解、张无忌与赵敏面临的冤屈，似乎都没那么苦大仇深了：能靠智慧与真相解决的委屈，与庞大又浩瀚、无可抵御的恶意相比，那的确不是一个重量级。

第四辑

金古

《飞狐外传》与《雪山飞狐》：不同的幽微

《飞狐外传》和《雪山飞狐》，是金庸比较奇特的两部小说。同一主角，但风味大不相同。

1956—1959 年夏，金庸在《香港商报》连载了《碧血剑》与《射雕英雄传》。同时，1959 年 2 月，他在《新晚报》开了新连载：《雪山飞狐》。

《射雕英雄传》在 1959 年 5 月 19 日连载结束，《雪山飞狐》在 1959 年 6 月 18 日连载结束。

所以，大概他在《射雕英雄传》里写华山论剑，写成吉思汗归天时，也在琢磨着胡一刀和苗人凤的对决，盘算着胡斐和苗若兰的爱情。

1959 年 5 月 20 日，《神雕侠侣》开始在《明报》连载。

此后，就是《白马啸西风》和《倚天屠龙记》，一直连载到 1962 年。

而在此期间，金庸又在《武侠与历史》上，连载完了《飞狐外传》。

即：金庸写着《射雕英雄传》《神雕侠侣》《白马啸西风》《倚天屠龙记》的同时，写完了《雪山飞狐》和《飞狐外传》。

所以"飞雪"两部的风格，也和金庸当时的大长篇风格，颇有不同。

《雪山飞狐》的格调，其实很接近大仲马的小说，故事讲法很现代，甚至有炫技的味道。

故事中涉及的情节，虽然通过各人回忆，可以往前回溯上百年，但故事本身时间流逝，也就是一天之间：诸位知晓内情的人物，什么天龙门饮马川各色江湖豪客，各人利益纠连，心怀鬼胎，各自知道一些秘密；集中到玉笔山庄后，各人为了寻找一个宝藏，于是纷纷叙述自己所知的胡苗范田恩怨往事，补完了一整段百年来的恩怨史。

若只论叙述技法，这大概是金庸小说里最华丽的了。

小说的主要篇幅，其实是靠众人的回忆凑齐的；凑完故事后，各人找宝藏去了，只在最后，给了胡斐与苗人凤决战的机会——很现代的一个故事。

后来三联版后记里,金庸也承认:

> 原书十分之六七的句子都已改写过了。原书的脱漏粗疏之处,大致已作了一些改正。只是书中人物宝树、平阿四、陶百岁、刘元鹤等都是粗人,讲述故事时语气仍嫌太文,如改得符合各人身份,满纸"他妈的"又未免太过不雅。限于才力,那是无可如何了。

金庸之所以强调讲述故事时的语气,只因为那几位人物的讲述,才是小说真正的核心。

我个人认为,《雪山飞狐》看似主角是胡斐,但戏份不多;真主角其实是书中这些勾心斗角、却又各自叙述往事的江湖庸人。天龙门饮马川刘元鹤宝树之流,为了宝藏,蝇营狗苟彼此算计、卧底偷听各种盘算,将前因后果补了出来,写得精彩之极。

反过来,胡斐和苗人凤虽是主角,但性格单薄。尤其是胡斐:为了渲染神秘感,前半本书他没出场。出场之后的行为举止,动机也很怪异:他是要找杜希孟寻仇,是要与苗人凤决斗,还是要惩治那些找宝藏的人?

苗人凤几次三番问他和胡一刀是什么关系,他咬着牙不肯说,导致这个误会一直拖到最后,结果闹出了僵局:这一刀,到底砍还是不砍?

《飞狐外传》,则是将《雪山飞狐》已有的设定组了一个故事,顺便补缀《书剑恩仇录》。

在金庸的长篇里,这本算是情节线简单的:说来无非是胡斐个人行侠仗义追杀凤天南、救助苗人凤的冒险,外加他与程灵素、袁紫衣的情感纠葛。

考虑到金庸同时在写杨过和张无忌的大篇章,中间写写胡斐的小经历,也可以理解了。

金庸的原话是:"在报上连载的小说,每段约一千字至一千四百字。《飞狐外传》则是每八千字成一个段落,所以写作的方式略有不同。我每十天写一段,一个通宵写完,一般是半夜十二点钟开始,到第二天早晨七八点钟工作结束。"

所以,《飞狐外传》的单独篇章,大多很好看,但整体情节,又稍微有点单一。其一以贯之的,其实是其中的情感故事,是一连串的"求不得"。

金庸自己说:"这部小说的文字风格,比较远离中国旧小说的传统，现在并没有改回来，但有两种情形是改了的：第一，对话中删除了含有现代气息的字眼和观念，人物的内心语言也是如此。第二，改写了太新文艺腔的、类似外国语文法的句子。"

举个例子，程灵素死后，有大段抒情旁白。
熟悉的诸位自然看得出，这与金庸之前的句法不太一样。更抒情，也更恻然。

> 她什么都料到了，只是，她有一件事没料到。胡斐还是没遵照她的约法三章，在她危急之际，仍是出手和敌人动武，终致身中剧毒。
> 又或许，这也是在她意料之中。她知道胡斐并没爱她，更没有像自己爱他一般深切的爱着自己，不如就这样了结。用情郎身上的毒血，毒死了自己，救了情郎的性命。
> 很凄凉，很伤心，可是干净利落，一了百了，那正不愧为"毒手药王"的弟子，不愧为天下第一毒物"七心海棠"的主人。
> 少女的心事本来是极难捉摸的，像程灵素那样的少女，更加永远没人能猜得透到底她心中在想些什么。

可以说：金庸在《香港商报》和《明报》所连载的，都是相对跌宕起伏、宏伟热闹，适合改编电视剧的大长篇：比如郭靖、杨过、张无忌们的传奇冒险，以至于《天龙八部》。而在连载大长篇期间，写的副连载，技法就更多样，风格更有实验性：比如一天之内讲完故事的《雪山飞狐》，以及更具抒情风格的《飞狐外传》。

就在金庸后来连载《天龙八部》时，他还顺便连载了《连城诀》；连载《鹿鼎记》时，一个月写完了《越女剑》。

《连城诀》和《越女剑》，也属于风格相对特异的了——相比于大长篇们——调子也更低沉些。

不妨将"射雕三部曲"和《鹿鼎记》《笑傲江湖》《天龙八部》这样的大交响乐大歌剧大调作品，当做金庸的商业片大作。

而将《飞狐外传》《雪山飞狐》《连城诀》《越女剑》这样相对低调、也更抒情的室内乐般的小调作品，当做金庸的小众文艺片。

《飞狐外传》里，充满了"求不得"，包括但不限于苗人凤之于南兰、商老太之于商剑鸣、马春花之于福康安。

但最微妙的，是程灵素这个金庸小说里最独特的女主角。

《飞狐外传》的双女主角，袁紫衣登场更早，但这个角色，刻画得实在诡异。她开场骄横跋扈，仗着名门出身，强抢人家掌门。就算是为了给福康安搅局，可是各大门派何辜？

她强行要救凤天南三次，还不加解释，磨磨唧唧，模模糊糊。合着就她与凤天南父女之情算感情，别人就不算？

之后忽然露出尼姑本来面目，忽然就满口清规戒律了。那么之前张扬跋扈，跟胡斐语笑嫣然、插科打诨算什么呢？

简直是专门设定出来，以便让胡斐求之不得，让程灵素黯然神伤的存在。

所以《飞狐外传》真正的灵魂故事，是胡斐对袁紫衣求不得，而程灵素对胡斐求不得的悲剧——再结合苗人凤与南兰的故事，结合陈家洛给香香公主上坟的故事，这便是《飞狐外传》，一缕幽微哀伤的悲歌。

从这个角度讲，程灵素的悲剧爱情，实是《飞狐外传》的核心所在。

胡斐遇到程灵素时，心里已有了袁紫衣。听了王铁匠的提示，胡斐已经知道程灵素喜欢了自己。

因为王铁匠的提示，他不是不知道程灵素喜欢自己，为了有个名分在一起,才跟程灵素拜了兄妹。

他其实心里是有程灵素的,也知道怎么哄程灵素开心。

当时临危救马春花时,程灵素问过一个微妙的问题:
"大哥,待会如果走不脱,你救我呢,还是救马姑娘?"
"两个都救。"
"我是问你,倘若只能救出一个,另一个非死不可,你便救谁?"
胡斐微一沉吟,说道:"我救马姑娘!我跟你同死。"
程灵素转过头来,低低叫了声:"大哥!"伸手握住了他手。

他是乐意与程灵素同死的——虽然心里第一顺位还是袁紫衣。

后来袁紫衣在窗外说话时,胡斐有一个小细节:

明知程灵素要心中不快,但忍不住推开窗子,跃出窗外一看,四下里自是早无人影。他回进房来,搭讪着想说什么话。程灵素道:"天色不早,大哥你回房安睡去吧!"胡斐道:"我倒还不倦。"程灵素道:"我却倦了,明日一早便得赶路呢。"

——看上去,简直像"怕现任女友不高兴但还是想看看前女友的动静"。

后来俩人入京时，彼此都压着不说。

胡斐其实是知道要和袁紫衣做一个了断的，但都尽量不提。胡斐看到程灵素的眼泪时，心头也是一动："这次到北京来，可来对了吗？"

程灵素便仿佛她种植的七心海棠：海棠无香，譬如程灵素不美貌；却又心有七窍，聪慧无比。剧毒无比，却也能救人。她也不是没生过气，甚至在与袁紫衣见面时，程灵素有过一次面对面的真情流露。那时她眼中含泪，替胡斐说了心里话："何况……何况你是他的心上人，他整天除了吃饭睡觉，念念不忘，便是在想着你。我怎会当真害你？"

她有无数种手段可以毒死袁紫衣，但终于还是替胡斐表白了。

袁紫衣当时一咬嘴唇，向程灵素柔声道："你放心！终不能两只凤凰都给了他！"然后走了。

这其实就是已经退出了。再下次见面时，她已是尼姑装扮。

胡斐去福康安府里救马春花孩子时，程灵素来救他，他也对程灵素甜言蜜语。

程灵素冷笑道:"你不听我话,自己爱送命,才没人为你伤心呢。除非是你那个多情多义的袁姑娘……她又怎么不来助你一臂之力?"

胡斐道:"她没知道我会这样傻,竟会闯进福大帅府中去。天下只有一位姑娘,才知道我会这般蛮干胡来,也只有她,才能在紧急关头救我性命。"

可以说,程灵素在一点一点地,加重自己在胡斐心中的分量。

——有点类似于,任盈盈一点点加重自己在令狐冲心中的分量。

后来袁紫衣露出本来面目时,胡斐失恋了,哭了。
小说这里很明白:
程灵素和袁紫衣如何不明白他因何伤心?程灵素道:"我再去瞧瞧马姑娘。"缓步走进厢房。
——这是让他俩单独相处。

胡斐劝了她一句还俗,袁紫衣回绝了:"千万别说这样亵渎我佛的话。我当年对师父立下重誓,皈依佛祖。身入空门之人，再起他念，已是犯戒，何况……何况其他？"

到此，袁紫衣和胡斐结束了。

按照流程，如果没有意外，胡斐是有可能和程灵素开始一段新感情的。但因为一段变故，这段感情忽然变了意味。

之后胡斐遇到了红花会诸位，大悲大喜一番后，石万嗔施毒，于是程灵素舍命为胡斐疗毒。

当时胡斐难过之极，曾经这么想过：

二妹总是处处想到我，处处为我打算。我有什么好，值得她对我这样？值得她用自己的性命，来换我的性命？其实，她根本不必这样，只须割了我的手臂，用她师父的丹药，让我在这世界上再活九年。九年的时光，那已足够了！我们一起快快乐乐的度过九年，就算她要陪着我死，那时候再死不好么？

而程灵素临终前的精密布置里，包括了一点：她临死时对胡斐说道，害死他父母的毒药，多半是石万嗔配制的。那或许是事实，或许只是猜测，但这足够叫他记着父母之仇，使他不致于一时冲动，自杀殉情。

《飞狐外传》与《雪山飞狐》：不同的幽微　　　　　　239

"我们一起快快乐乐的度过九年。"

"不致于一时冲动,自杀殉情。"

程灵素知道,自己救了胡斐之后死去,以后胡斐心里自己就是第一位了——自己从此成为了可能让胡斐为之殉情的存在。

她有无数种手段可以控制胡斐,但终于还是替胡斐死了。

所以最后,程灵素为胡斐治毒牺牲自己,是最无奈、最凄凉,却也是唯一的解决方法。这是一个死结,死结也只有用死,才解得开。

小时候读书,从胡斐角度看,"程灵素人真好"。

人年长了,懂得从程灵素角度来看:前一刻还在美好幻想,脸色绯红;下一刻却被认了妹妹。可是她还是追了出去,殒身不顾地,跟随胡斐。

少年时不会在意这样的细节,真是有点年纪了,才懂得了。

大概胡斐觉得自己爱袁紫衣很苦,却似乎并没想程灵素更苦。但我们代入胡斐角度的多,代入程灵素的,那就少得多了。我们懵懂时对不起爱自己的人,那是错过;通晓世事之后还对不起，那是辜负。前者是少年愚钝，后者是……被偏爱的都有恃无恐。

为什么到年纪大了才意识到呢？我一个朋友这么说："小时候以为自己是胡斐，长大了才发现自己很可能是程灵素。"

小说结尾，胡一刀墓前。袁紫衣看四周无人，说出了心里话："倘若当年我不是在师父跟前立下重誓，终身伴着你浪迹天涯，行侠仗义，岂不是好？唉，胡大哥，你心中难过。但你知不知道，我可比你更是伤心十倍啊？"

她是爱胡斐的。胡斐也亲耳听到了。

但从此之后，胡斐没再试图跟袁紫衣在一起。

因为程灵素曾经的存在与死去，他俩已经无法在一起了，他们彼此心里明白。胡斐没再试图劝袁紫衣还俗，袁紫衣也是说完话就走。因为程灵素替胡斐这一死，已经永远将自己嵌在了胡斐心里。

此时的程灵素之于胡斐，恰如阿朱之于萧峰。

最后一点细节，算是小说的彩蛋。

《雪山飞狐》里，苗若兰看胡斐时："见这人满腮虬髯，根根如铁。"

《飞狐外传》里，专门提了这一笔。

程灵素用自己的头发，为胡斐做了假胡子贴上。胡斐见自己脸上的络腮胡子，虬髯戟张，就笑："二妹，我这模样儿挺美啊，日后我真的便留上这么一部大胡子。"

十年之后，胡斐念着此日之情，果真留了一部络腮大胡子，那自不是程灵素这时所能料到了。

——如果用任盈盈的话，这里大概可以说：十年之后，程灵素终于可以相信，胡斐心里是念着她多些，念着袁紫衣少些了。

人在失去之前，以为所拥有的一切，都是理所当然。爱你的人理该爱你，帮助你的人理该帮你。可是，世上没什么是理所当然的。

没什么人天然应该爱你，没什么事天然应该属于你。而这一点，许多时候，人真得失去了才明白。

《越女剑》：美丽、放弃与归隐

东晋大权臣桓温的老婆南康公主，听说桓温娶了李势的妹妹为妾，拿了刀去杀李氏；李氏平静地拜见公主，公主抛了刀子，说："我见汝犹怜，何况老奴！"——这故事众所周知，"我见犹怜"，如今都算个成语了。

马其顿的亚历山大大帝，其母乃是腓力二世的老婆奥林匹亚斯，为人甚为剽悍。听说腓力二世在色萨利找了个姑娘尼刻西波莉丝，又传闻这姑娘对腓力施了巫术，让腓力迷迷瞪瞪，于是凶巴巴地把她召来，一看：真美。

于是奥林匹亚斯赞叹："你最好的巫术就是你自己！"从此和尼刻西波莉丝结为好友，关系融洽。

这大概是希腊版的"我见犹怜，何况老奴"。

金庸小说《越女剑》里，也有类似的情景：大背景是春秋时期吴越争霸，范蠡将心爱的西施送给吴王夫差行美人计，自己则和越王勾践卧薪尝胆要灭吴国。范蠡从村女阿青处窥得了一点天下无双的剑法,但阿青又爱上了范蠡,却杳然而去。小说结尾,吴国已灭,范蠡重见西施,本来至为喜乐,阿青却要杀了西施;然而阿青剑指西施心口,一见西施的美貌,杀气变失望,失望变沮丧,沮丧变羡慕崇敬:"天下竟有这样的美女,范蠡,她比你说的还要美!"于是走了,留下西子捧心这一幕绝美的场景。

这大概是武侠世界版的,"我见犹怜,何况范蠡"。

而我为什么喜欢这个故事,因为:金庸小说里,男女主角都有,但毕竟男主角多些,且男主角大多挺招女孩子喜欢,连郭靖这么一个老实人,都有黄蓉、华筝与程瑶迦倾慕,更不必提杨过、韦小宝与张无忌了。霍青桐和香香公主,陈家洛爱哪一个?温青青经常为袁承志招女孩子喜欢而生气,华筝也给了郭靖与黄蓉足够多的烦恼。任盈盈虽然豁达,终究还是欣慰于令狐冲"念着自己多一些"。张无忌那边,四女同舟,得亏小昭和殷离退出了,但赵敏和周芷若,终究也让张无忌头疼不已。

这种"内斗",算是中国历来男性主导小说的常见模式。最著名的,自然是《金瓶梅》。西门庆里里外外的老婆情妇们,争先恐后变着花样讨好西门庆,甚至互相戕害。

反观《越女剑》:阿青在见西施之前,也颇有点为爱痴狂,嫉妒西施,杀之而后快的劲头,仿佛周芷若对赵敏下狠手。但一见西施，惊于西施的美貌，自愧不如，于是自觉退出，这里透出一点尊严与从容来。

固然这里的重点，是西施不可思议的美貌，足以让情敌都为之动容，但细看阿青的行为，很有意思：她不闹范蠡，觉得范蠡跟自己好不了，就杳然而去；在范蠡与西施重聚之刻，她奋然来杀西施，发现她确实美，就又一次杳然而去。

与其吃醋争闹，不如一走了之。这份来去之间，其实自有一份自重与潇洒。

另一个有意思的角度：范蠡决定带西施隐居的这个结局。

西施与范蠡的故事，历来有许多种说法；不同说法，自然寄托不同的理念。宋朝有位董颖，以如下句子写过西施："尚望论功，荣还故里。降令曰，吴亡赦汝，越与吴何异。吴正怨，越方疑。从公论，合去妖类。"

这个传说里：吴国已灭，西施还望吴国厚待她，但吴国要杀她，还振振有词：赦免了你，越国和吴国又有何分别？

——是不是有些残忍？

正史记载，我们都知道，越王勾践可与共患难不可共享福，兔死狗烹杀了大夫文种，范蠡则，早早归隐了。

《越女剑》的小说里，并未因范蠡是主角、越国是看似正义

《越女剑》：美丽、放弃与归隐　　　　　　　　　　　　　245

的一方，便大肆赞美勾践。相反，小说里将勾践隐忍阴险的一面，描绘得颇为出色。小说结尾，范蠡逃出生天后，也没想过功名富贵；他为越王平了吴国立下旷世奇功后，却对西施道："咱们换上庶民的衣衫，我和你到太湖划船去，再也不回来了。"

金庸给了范蠡和西施一个归隐结局，也算是尽善尽美。毕竟，"从公论，合去妖类"地杀了西施，是冠冕堂皇一本正经的姿态；按《史记》，范蠡后来还去齐国当了官，还当大富商成了陶朱公，甚至有版本说范蠡杀了西施，有点像后来所谓"关羽月下斩貂蝉"的传说——相比起前面这些零碎琐屑，范蠡决定遁世，去太湖划船再也不回来，确也是隐士看透世情的做法了。

譬如《笑傲江湖》里，令狐冲目睹任我行推翻东方不败以后，远远看了，心想俩人也没啥区别，于是断然不入日月神教，和任盈盈一起归隐。

譬如《鹿鼎记》结尾，韦小宝觉得宫廷与天地会都待不下去了，于是"老子不干了"。

某种程度上，范蠡与阿青确是相似的：有所执着，但又不至于为了所执而失了本心；阿青的离开与范蠡的归隐，是俩人各自的潇洒。

相比起来，西施在小说里虽然贯穿首尾，其实只有一句对白——"少伯，真的是你么?"——所以,《越女剑》其实是范蠡与阿青两个人的故事。西施作为小说的冲突核心，却只是一个美好悠远的梦，恰如结尾那美到极致、名垂千古的西子捧心一般。

"只有作者和我知道真相!"

读者听故事,总得有个悬念。

而小说作者玩悬念,方式又有不同。

有些作者会把真相藏着,一点点吐露,诱读者读到最后。有些善于设置悬念的作者则公平对待读者,让读者得到相对公开的信息,让他们一起参与猜测推导:这也是许多读者的乐趣所在。

但也有些作者,会让读者知道得更多一点。

古希腊大悲剧家索福克勒斯的名作《俄狄浦斯王》,用了一个手法:通过剧中不同人的描述,让观众早早拼出了真相,即俄狄浦斯杀父娶母犹不自知的事实——但剧中的俄狄浦斯本人,一时还不清楚,还在懵懂中,慢慢走向惨烈的真相。

这部名作卓越的悲剧效果,即出于此。

当然这手法,不只是悲剧管用。比如法国人博马舍也将此手法应用于喜剧中:让剧中人不明真相,让观众明白真相,有利于让观众站在俯视角度,带着一点优越感,看剧中人奔走。

当剧中人理性、怀疑加以思考时,容易产生悲剧氛围;当剧中人非理性且懵懂浑噩时,就容易产出喜剧氛围。

这种手法,也可以用在小说里。

大仲马的名作《基督山伯爵》,故事众所周知:马赛水手唐泰斯被会计唐格拉尔、情敌费迪南诬告,被审判官维勒福冤枉,入狱十四年,逃出生天后,获得财宝,矢志复仇。他化妆成一个神父去找旧邻居裁缝卡德鲁斯询问真相时,小说中只以"神父"称呼他,丝毫没写他的心理活动,更多以卡德鲁斯视角看神父。于是,当神父听说当初恶人们坑害唐泰斯的真相后,会喃喃表达愤慨。卡德鲁斯大感疑惑,而我们这些知道真相的读者,却很明白。这就属于典型的"剧中人不明真相,旁观者一清二楚"。

后来,唐泰斯化名基督山伯爵去巴黎接触几个仇人,小说也很少描写基督山的心理,却更多以旁观者视角描述,巴黎贵族圈无不认为基督山伯爵神秘莫测。只有我们读者明白基督山就是唐泰斯,也对他的某些言行——贵族们觉得迷惑不解——心知肚明。

这无形之间,读者获得了一种快感:我们与唐泰斯一起站在高处,俯瞰着剧中其他即将被复仇的反派们。

"只有作者和我知道真相!"

金庸小说里，也常用到这个手法。一个很经典的案例：《射雕英雄传》开头，郭啸天与杨铁心在牛家村，结识了武功奇高但双腿残废的酒店老板曲三。曲三使铁八卦做暗器，谈吐之间对琴棋书画无一不通，还说过一句台词："天下尽有聪明绝顶之人，文才武功，琴棋书画，算数韬略，以至医卜星相，奇门五行，无一不会，无一不精！只不过你们见不着罢了。"说罢，长叹一声。

之后有很长一段篇幅，小说没再提到这个角色；直到郭靖与黄蓉一起在太湖边的归云庄，遇到一个同样精通琴棋书画、诗词歌赋，同样两腿有残疾的陆乘风，而且也使铁八卦。言谈之间，陆乘风说出了他原是黄药师的弟子，被打断了腿逐出师门。

此时还记得曲三的读者，大概已经心头恍然。

但小说里，金庸并不立刻揭穿真相。

后来郭靖与黄蓉到得江南一处村庄，发现了曲三——真名是曲灵风——的遗骸，算是将开头的伏笔连上了。但读者们比郭靖与黄蓉更早意识到："郭靖的父亲郭啸天是在牛家村小酒店遇到了曲三——如今郭靖黄蓉见到了曲三在小酒店的遗骸——郭靖这是回到故乡牛家村了，他们自己还不知道？"

这份"我们已经拼出了真相，当事人依然不知道"的效果,就是这么有冲击力。

这个手法用得最漂亮的,是《天龙八部》。

段誉开场在无量山误入玉洞,看到无崖子与李秋水当年的居所,得到了北冥神功与凌波微步的功夫,见到了李秋水妹妹的玉像,一见钟情;也得知了灵鹫宫天山童姥要收服无量山的图谋。后来在苏州,段誉见了王夫人与王语嫣,与玉像一模一样。

此后有整整二十回,书里不再提起童姥和李秋水。

待后来虚竹出场,结识了无崖子,听无崖子说"这里有一幅图,上面绘的是我昔年大享清福之处,那是在大理国无量山中"。

读者心中,自然咯噔一声。

之后虚竹救了天山童姥,天山童姥说出了她、无崖子与李秋水当年的恋情。虚竹自己是糊里糊涂,但读者已经多少明白了。

待李秋水终于出场,虚竹也还不觉得,读者大概会感叹:"终于出现了!"

李秋水临终,对虚竹说:"我有一个女儿,是跟你师父生的,嫁在苏州王家,你几时有空……不用了,也不知她此刻是不是还活在世上。"这句没了下文,作者自己从来没跳到前台解

"只有作者和我知道真相!"　　　　　　　　　　　　　　251

释,但细心的读者,自然已经拼出了一个真相:

李秋水、无崖子与童姥当年有一段孽缘;无崖子实则深爱李秋水的妹妹,并为之雕了玉像;李秋水与无崖子的女儿便是王夫人,王夫人再生了女儿王语嫣,这就完美解释了王夫人、李秋水与王语嫣容貌的相似。

这一套事实,段誉与虚竹各知道片段,只有读者是全盘把握了的。

另有一处。

《倚天屠龙记》中,胡青牛对张无忌提起,当年金花婆婆和银叶先生曾来求他疗毒。二人中毒情形不同。银叶先生无药可治,金花婆婆却中毒不深,可凭本身内力自疗。

又说下毒之人,乃是蒙古人手下一个西域哑巴头陀。

这个哑巴头陀是谁呢?当时没提。

书过了十几回,范遥见到张无忌时,承认自己曾经自毁容貌,扮作个带发头陀,更用药物染了头发,投到了西域花剌子模国去,后来被蒙古汝阳王收录。

记性好的读者,自然明白:哦,这个西域哑巴头陀,就是范遥!

妙在范遥见张无忌时，下了狠手，说自己曾经为了取信于汝阳王，杀过明教兄弟。于是当着张无忌的面自断手指："范遥大事未了，不能自尽。先断两指，日后再断项上这颗人头。"

逼得张无忌感动不已，当时表示再不追究他了。日后张无忌就算知道范遥毒了金花婆婆，知道了金花婆婆便是紫衫龙王，那也无可奈何了。

为何范遥要坑害金花婆婆和银叶先生呢？

又过了几回书，谢逊讲述往事：范遥对紫衫龙王黛绮丝一见钟情，终于成为铭心刻骨的相思，然而被黛绮丝一口拒绝。终于黛绮丝嫁给银叶先生。到此，真相已经呼之欲出了。

到翻出金花婆婆就是黛绮丝，一切线索都连上了：

范遥这个计策，从开头用情之深，到其中牺牲之大，到后来手段之细密毒辣、善后方法之狡猾，实是金庸小说里隐藏最深、而步骤最密的计策。

他对紫衫龙王黛绮丝，爱之深，恨之切，刻毒又真诚，于是下毒害了她，却不夺她性命；下毒杀了银叶先生，却是真杀了情敌。

后来范遥在大都见到黛绮丝的女儿小昭时，曾经如见鬼魅，大惊失色，看清楚了，才喃喃道："真像。"——真像谁呢？当时也未曾明言，但如今我们自然懂得了。

以至于后来,当赵敏搅和张无忌的婚礼时,范遥都要叹气:"郡主,世上不如意事十居八九,既已如此,也是勉强不来了。"

他一个光明右使,纵横天下,骗过了所有人,为何要感叹"世上不如意事十居八九"?

小说里从未明言,但将蛛丝马迹拼合在一起的我们,了解他对黛绮丝深情的我们,自然明白的。

那份看到细节、结合前因、慢慢逼近真相、脊背发凉的快感,大概就是作者送给细心读者的一点彩蛋吧。

古龙笔下的独立女性与蛇蝎美人

许多读者开玩笑,古龙笔下的男主角,都有姑娘愿意投怀送抱。陆小凤如是,李寻欢如是,当然还有风流倜傥的楚留香。

所以让人觉得,古龙笔下姑娘都很容易主动。

但仔细读过的诸位,自然晓得:古龙小说里关键女性角色,看着主动,但一个个实在不好对付,独立得很。

梁羽生先生武侠小说里的爱情,大多是才子佳人式的,温柔含蓄,久而成情。唐经天与冰川天女如是。

又或是正派遇到邪派对冲式的,漩涡激荡,就此不拔。卓一航与练霓裳如是,金世遗与厉胜男如是。

不管如何,爱上了,就是爱上了。两人从此成了搭档,一起出生入死去了。

所以女主角出场,你都不必担心。"她一定会和男主角好的,放心吧!"虽然偶尔也有缪长风、卓一航这类苦命人,但大多数时候，还算是顺利。

金庸笔下的爱情，好了就是好了。情侣们一旦定情，更像是搭档。他们大多时候，在商量各类任务进度。黄蓉偶尔和郭靖闲聊故事；令狐冲有时跟任盈盈说几句没正经的调情；韦爵爷时不常跟双儿"大功告成"。

反过来呢，古龙笔下的感情经常是：某帅哥落拓不羁地一个人呆着。

一个漂亮女孩子，男主人公在一个挺特殊的地方——午夜长街、游船甲板、禁宫内院，甚或楚留香/陆小凤在洗澡的时候——遇到她。

这多半是一个或者很喜欢笑，或者冷若冰霜，看着年轻，然而非常老辣的女孩。于是俩人相识。然后，他俩开始唠，唠了很多，女孩子会突然做一个很惊人的动作——凑前亲他一下也好，抱他一下也好，甚至咬他一口、打他一拳。

然后楚留香/陆小凤们，就怔住，或者苦笑一下，或是微笑一下。

女孩子呢，偶尔选择矜持，听他念叨几句，然后他便会转着弯夸你，比如，女孩子说自己长得不好看，楚留香/陆小凤就会叹一口气,说:"现在的女孩子,越来越会撒谎了。"

但更多的时候,女孩子会选择主动,然后便赢得爱情。大概,她们只要随时一副"我们俩比比谁更坦白",便会让古龙式的浪子们唯命是从。

好玩就好玩在:

古龙笔下的浪子,很喜欢跟女孩子聊天。女孩子们很主动,但并不依附于男人。

古龙笔下的女孩子很喜欢跟男人打嘴仗,哪怕爱上你,也不一定就一直赖着你了。女孩子有时温柔,有时泼辣,但大体而言,很大胆,很有主见。于是,他们的爱情,通常是聊出来的——大概也是武侠小说里,对话最多的爱情。

孙小红喜欢李寻欢,喜欢得大大方方。

丁灵玲喜欢叶开,但嘴上也没输过阵。

苏樱那么爱小鱼儿,但老是能气得小鱼儿没法子。

欧阳情和叶雪虽然爱陆小凤,表面都是冷美人。

白玉京从头到尾对袁紫霞都没办法。

段玉被他后来的太太从头耍到尾。

郭大路被他后来的太太搞得糊里糊涂。

双双天赋条件其实不算好,但与高立的感情,真是自尊自爱,让人肃然起敬。

比起其他小说"女孩子都主动追求我而且等我一辈子"式的感情。古龙小说里来去如风的姑娘,大多挺飒的。

这些姑娘的气派是:"我喜欢你,但别指望我赖着你,我才不是小姑娘呢,说不定我转身变一个蛇蝎美人,还要揍你呢。"

所以古龙小说里的女角们,看似更不羁更主动,但比起其他的武侠小说,相对而言,隐藏着一份自立与平等。

古龙怎么给小说人物起名

古龙起名字，早期还比较端正；到中后期，就出了名的随性，甚至懒了。

《欢乐英雄》开头："郭大路人如其名，的确是个很大路的人。大路的意思就是很大方、很马虎，甚至有点糊涂，无论对什么事都不在乎。王动却不动。"这时，就显出古龙的不羁来，真正名字只是个代号，"我这人物需要个名字，我就起个名字；我也不指望你相信这是真的"。

当然他也信马由缰地起一些怪名字，比如楚留香的好友胡铁花，乍听像蝴蝶花——胡适的父亲就叫胡传，字铁花。

还有些其他典故。

古龙起名爱用诗歌里现成的字眼。比较明显也比较懒的，是《七种武器》第一篇《长生剑》，主角叫白玉京，现成取自李白诗："天上白玉京，十二楼五城。仙人抚我顶，结发受长生。"

白云城主叶孤城这名字，也很明白，王之涣诗："黄河远上白云间，一片孤城万仞山。"

《绝代双骄》里的江枫，虽是天下第一美男子，却很苦命。想想"江枫渔火对愁眠"，江枫确实一直很愁。

江枫的书童江琴做了坏事，后来隐姓改名，叫做江别鹤——《别鹤》是乐府琴曲名，还是跟"琴"挂钩。

西门吹雪自己的基地：万梅山庄。

说到姓西门的，还跟梅沾边，大家会想到谁呢？嗯，《金瓶梅》的西门大官人嘛……

西门吹雪的老婆姓孙，孙秀青。

西门庆的老婆里，也的确有个姓孙的：孙雪娥。西门吹雪的雪。

陆小凤的绝技是灵犀指。霍天青曾表示，要领教"双飞彩翼陆小凤，心有灵犀一点通"的绝技。

那是取自李商隐的诗句："身无彩凤双飞翼，心有灵犀一点通。"

"陆小凤系列"第一部,讲金鹏王朝,有三位托孤重臣:霍休(真名上官木)、阎铁珊(真名严立本)、独孤一鹤(真名严独鹤)。

众所周知,汉武帝有四位托孤重臣:霍光、上官桀、金日䃅、桑弘羊。

霍休在小说里,有个美女手下叫上官飞燕——而汉成帝皇后,就是著名的赵飞燕。

上官飞燕很是了得,一度迷惑了花满楼。

唐罗邺诗曰:"春半上阳花满楼,太平天子昔巡游。"(《上阳宫》)

阎铁珊在小说里是天下第一巨富,山西人。把铁字换成锡字,再念一遍这位的名字,结合山西人背景,您就懂了:就是在说阎锡山嘛……

阎铁珊真名严立本,音同阎立本:那是唐朝大画家。

小说里,严独鹤死于凌晨到来之前。合了谢朓的诗:"独鹤方朝唳,饥鼯此夜啼。"

"陆小凤系列"第二部,有个大反派金九龄:那是典出唐宰相张九龄。同一部里,还有一位顶尖剑客公孙大娘,以及她的一群女弟子。

典出杜甫诗《观公孙大娘弟子舞剑器行》:

> 昔有佳人公孙氏,一舞剑器动四方。
> 观者如山色沮丧,天地为之久低昂。
> 㸌如羿射九日落,矫如群帝骖龙翔。
> 来如雷霆收震怒,罢如江海凝清光。

这几句极有名,尤其是"来如雷霆收震怒,罢如江海凝清光"。古龙自然知道这句诗好,于是借用来。后来《决战前后》里,形容叶孤城"天外飞仙"时,古龙又偷懒了,如此说道:"那已不仅是一柄剑,而是雷神的震怒,闪电的一击。"——"来如雷霆收震怒"嘛。

小李飞刀李寻欢的家族,有所谓"父子三探花"——这暗指的大概是苏洵、苏轼、苏辙。

李寻欢后来对天机老人说,自己"一肚子的不合时宜",那更是苏轼的典故了。

在小说里,天机老人外在身份是说书的孙老头,其实排在兵器谱第一位，用的是棒，但从未真正出手。

古龙设定一个姓孙的用棒子，而且老头子还曾自夸兵器是如意棒——这不就是孙悟空嘛！

兵器谱的第五名，叫做温侯银戟吕凤先，被林仙儿的美色所迷。

《三国演义》里吕布字奉先，被貂蝉美色所迷。

古龙好像对姓上官的人有偏见：上官金虹、上官木、上官刃，都是阴森的大反派。

说到上官刃，那是《白玉老虎》里的关键角色。小说里头有所谓大风堂，当家的是老爷子云飞扬——大风起兮云飞扬，典自刘邦的《大风歌》。

顺便：大风堂画斋，张大千先生的地盘。

小说还有个人叫郭雀儿。五代十国，后周开国的郭威，因为有个雀刺青，也被叫做郭雀儿。

《白玉老虎》的主角叫赵无忌，这名字，得结合古龙一个奇怪的习惯看。

金庸小说里有张无忌，古龙小说里有赵无忌。

金庸小说里有袁紫衣，古龙小说里有袁紫霞。

如果您觉得古龙不是故意的，是巧合，那么：《七种武器》第三种《碧玉刀》里，主角叫段玉。他去了杭州，送碧玉刀给朱姑娘。

——而金庸《天龙八部》里，段誉在苏州，遇到了阿朱阿碧。

苏州杭州，段誉段玉，朱姑娘。
你说这是不是古龙的文字游戏呢？是不是故意的呢？
不知道。

《萧十一郎》里的名字，更有趣味：连城璧的老婆叫沈璧君，那也许是在拿汪精卫的老婆陈璧君开玩笑；杨开泰的名字取自"三阳开泰"，这名字起得极是偷懒；而徐青藤这个名字，典故也很明显：明朝大才子徐渭，号青藤老人。

说到萧，顺手念叨下古龙的姓氏——
姓燕的不用说了：燕南天、燕南飞、燕十三……一般都是剑客。
姓萧的，许多是书生：萧秋雨、萧少英、萧十一郎……
姓谢的，三少爷谢晓峰。

姓陆的,陆小凤。

《碧玉刀》和《决战前后》,都有姓顾的道士。

总之读古龙小说,看到一串姓谢姓陆姓萧姓顾的,总觉在读东晋门阀历史。大概古龙起名字,总跟东晋南北朝那会儿历史来回跑。

最后一个例子,我猜不出这是不是古龙刻意为之的细节:在《绝代双骄》里,天下第一剑客、自称"冀北人"的燕南天刚登场时,在酒店呼呼大睡。他之后靠天下无双的剑法表演了一下,骗了镖局雷老大一千两银子。

燕南,剑客,雷——刘克庄词《沁园春》,有这么一句:"车千乘,载燕南赵北,剑客奇才。饮酣画鼓如雷。"

我猜不出是否古龙有意为之。因为如上所述,古龙起名字,有时显得满肚子是典故,有时又特别懒,起名字特别随意。

他一肚子的杂学,却总藏在大家不太注意的地方,自己也随意虚掷,并不当回事。我完全相信古龙有这种才能,信手就诗编一个名字、写一段情节。

就像他小说里常见的游侠似的:明明一身本事,许多时候,就醉在酒里。以至于你不知道他哪句话是正经,哪句话是乱来的。

古龙小说面面观

古龙小说,粗分一下,大概有四种路线。

第一种是传统武侠写法,讲述个人成长冒险。

第二种是裹着武侠外衣的侦探小说,探案查究竟。

第三种是裹着武侠外衣的间谍小说,冒险搞卧底。

第四种,那大概就是他后期,无招胜有招的故事了。

第一派的巅峰,我认为是《绝代双骄》。

《绝代双骄》小毛病很多,包括但不限于许多细节前后矛盾,太多情节巧合得过于诡异离奇。当时看很爽,回头一想,许多东西对不上。

但故事大线索很有趣,设定特别刺激:江小鱼和花无缺从一开始便注定要决战;读者们比书中大多数人物早一步意识到结局,所以看着他俩分分合合,慢慢走向结局,就会一直紧张下去:这两个角色越可爱,读者越紧张。

与此同时,恶人谷的恶人们、十二星相、邀月怜星和燕南天,塑造得都算鲜明。苏樱作为女主角,出场极晚,但她和江小鱼这对欢喜冤家,都算刻画得出彩了。结局更是快乐,能让人忘掉各色小毛病。

第二派的巅峰,我认为是"陆小凤系列",确切说,《决战前后》。

"楚留香系列"的探案也极出色,但笔法不如"陆小凤系列"娴熟。楚留香比起陆小凤,更像一个心想事成的007,但不如陆小凤可爱。

"陆小凤系列"里,《决战前后》又是最好:以"决战紫禁之巅"这武侠小说经典一战为背景,故事紧凑,人物丰富,之前几部铺垫过的伏笔,如老实和尚、欧阳情和公孙大娘,也都用上了。

最妙的是,古龙写侦破类武侠小说,谜底揭破后,多容易流于索然无味;但《决战前后》谜底破解后,还有西门吹雪与叶孤城决战这个经典收尾。

这一派,也可以加上《七种武器》第一篇《长生剑》。篇幅不长,但抽丝剥茧、层层解谜,最后那个开放性结局,尤其余音袅袅:袁紫霞是一个很有说服力的角色,她不是好人,但有魅力。

以及《多情剑客无情剑》第一部,即李寻欢、阿飞与梅花盗案件:这段故事作为探案剧情,并不怎么样,但李寻欢、阿飞和林仙儿这几个人物,实在立得好,好到直接影响后面的剧情。

第三派的巅峰,我觉得是"陆小凤系列"的《幽灵山庄》,以及《白玉老虎》。

古龙斗智小说里,《幽灵山庄》拥有少有的反派事实上获胜的结局,但反派获胜后又被干掉,铺得如此顺理成章:他没输给陆小凤,却输了天意与人情,没刺出去的一剑,被刺中的一剑,都铺得那么合理。

我个人认为《幽灵山庄》那位大反派,实属古龙小说中第二难以击败的角色。

而最难以击败的,便是《白玉老虎》中的终极反派:唐缺,以及他背后的唐门。

唐缺可算是武侠小说史上最经典的反派之一。他貌似憨厚,实则聪明绝顶。

出场之后,他说的每句话都是陷阱,都有弦外之音。每一句话都是试探、双关与反话。赵无忌入唐家堡后,不断遇到险情,步步惊心。

妙在唐缺这个角色,也不纯粹是厉害阴险而已。他有性格。唐缺自豪于唐门的组织严密与精明诡秘，但他骨子里，其实也羡慕同门的唐傲，可以堂堂正正挑战天下英雄。他越是羡慕，越是要维护自我，于是唐缺将自己藏得更深。他有些过于浮夸的发胖、耍弄阴谋，可看做一种自我维护。他想证明给自己或其他人看：他要用计谋来击败一切外来因素，保护唐家。

许多人说，《白玉老虎》结尾过于突然——甚至反派都没被击败，小说就结束了。我却觉得，那个结尾简直完美。因为唐缺和唐门塑造得过于强大，与其强行扭转剧情将其写垮，不如就只写到赵无忌与上官刃联手，留一个开放结局。

第四派的巅峰，是《七种武器》中的《孔雀翎》、《三少爷的剑》以及《多情剑客无情剑》的后半部分。

姑且称为，不是武侠小说的武侠小说。

这里涉及对武打的描写了：

古龙早期小说里，主角也用剑。《苍穹神剑》《剑毒梅香》《剑气书香》《剑客行》《湘妃剑》《浣花洗剑录》《名剑风流》……

但自1970年代后，小李飞刀出现，自那以后，兵器开始换了，而且有了更多的刀：《边城浪子》《七种武器》《天涯·明月·刀》《圆月弯刀》《飞刀，又见飞刀》《风铃中的刀声》，刀开始和剑占据差不多的地位了。

这些刀，一半是傅红雪式的快刀。古龙笔下的刀客比剑客，少一些风流儒雅，多一些江湖讨生活的落魄与实在。刀客气质，也是古龙后期的气质：没有早年剑客们那么风流潇洒了，更多是落拓，是现实，是沉郁与锋锐。

另一半，是李寻欢式的飞刀。没有招式，没有打斗，仿佛一个西部牛仔快枪手，平静地出场，就能压服所有人。解决问题时，刀光一闪。

对飞刀和快刀的喜爱，是古龙后期武侠的特色：他笔下不需要雍容帅气的儒侠，而更多的是被现实生活所迫、纠结不已的落拓江湖人。飞刀和快刀都只是一根绷紧的弦，随时可以杀人，但未必需要使出来。

他写打斗，也动不动就"好快的刀"。打斗并不一招一式，而是累积冲突和情绪，描绘氛围，剑拔弩张，然后瞬间结束——他只给出旁观者所见的效果。当事人的心情，是被省略的。紧张、短促、凶狠，结束——这是古龙的刀法。

古龙自己如是说：

> 我总认为"动作"并不一定就是"打"！
> 小说中的动作和电影画面的动作，可以给人一种生猛的刺激，但小说中描写的动作就是没有电影画面中这种鲜

侠客的日常

明的刺激力量了。小说中动作的描写，应该是简单的，短而有力的，虎虎有生气的，不落俗套的。小说中动作的描写，应该先制造冲突，情感的冲突，事件的冲突，尽力将各种冲突堆构成一个高潮。

然后你再制造气氛，紧张的气氛，肃杀的气氛。

用气氛来烘托动作的刺激。

武侠小说毕竟不是国术指导。

开句玩笑：如果将李寻欢的飞刀描述为左轮手枪，把他经常活动的区域描述成现代城市，将上官金虹描述为一个黑帮老大……似乎也没啥问题。

后期古龙的武侠小说，仿佛身处一个披着古代背景的现代城市。双方对决，仿佛西部牛仔枪手，解决问题便是"好快的剑""好快的飞刀"，一招而决。

《绝不低头》，终于出现了手枪和汽车。这两个符号微不足道，却显示了古龙的终极野心。他想摆脱一切武侠已有的挂碍。

《多情剑客无情剑》前半部分是探案，是李寻欢、阿飞、林仙儿与梅花盗的故事，破案了也就破案了。

后半部分的明线，是李寻欢与上官金虹的对决；暗线却是孙小红对李寻欢精神的救赎，李寻欢对阿飞精神的救赎。

事实上还有吕凤先的自我说服，郭嵩阳的自我说服，荆无命的自我说服，甚至包括游龙生的自我说服和觉醒。一个又一个被欲望控制的人，以某种方式觉醒。

后来叶开与傅红雪的故事，都脱不出这点影子——傅红雪某种程度上，像阿飞与荆无命的结合体……

而《七种武器》，更微妙一些。

在《七种武器》之前，古龙的小说主角，无论是游侠还是侦探，多少都还是偶像派，当得起大侠之名。

《七种武器》的故事，要暗黑得多。除了《碧玉刀》是仿毛姆，让段玉这个少爷幸运了一下子，其他多是人在江湖身不由己的境况。

若去掉古代背景，这些故事，都是试图逃离帮派追杀，或是浪子回头，或是帮派之间对抗复仇这类剧情。

《七种武器》第一篇《长生剑》，袁紫霞身为青龙会的一员，试图脱出组织。白玉京虽是主角，但更像是旁观亲历了袁紫霞的逃脱。

《七种武器》第二篇《孔雀翎》。主角小武和高立一起混杀手行当，隶属青龙会。而他的真实身份，是孔雀山庄的少爷秋凤梧。

后来秋凤梧离开青龙会,回去当少爷了。高立再次见到秋凤梧时,感叹,"他实在不能相信面前这气派极大的壮年绅士,就是昔日曾经跟他出生入死过的落拓少年"。

古龙的爸爸熊鹏声,早年间在北平读大学土木系,是个正经知识分子。据说他跟古龙关系不好,古龙于是离家出走,加入了当地帮派。

本来该是好人家的孩子,混帮派去了。他混帮派,写小说,开始很落拓,到写《七种武器》时,他已经算混出来了,是知名作家了,甚至预备涉足影视业了,有头有脸了。

像吗?

我猜想,某种程度上,秋凤梧,就是古龙自己的写照。

他越到后期,越是喜欢描述江湖人的精神困境,似乎也可以理解了。

最后,是游离于这四类的一本书:《欢乐英雄》。

如上所述,古龙一路写小说,是从传统武侠故事,到侦探,到卧底,再到探索内心。

喜欢古龙后期小说的诸位,更多不是在讨论剧情,而是谈论沉浸感和代入感。用古龙自己的说法：氛围。

越到后期，古龙越懒得写《绝代双骄》那么曲折离奇的故事，越喜欢描写氛围，用大量对白和心理描写，立人物，写人物，尤其是小人物，本身的挣扎、情绪、感受。

所以，大家乐意聊他的人物，某几个立起来的人物，而且沉浸于他塑造的那种生活，那种江湖氛围之中。

到《欢乐英雄》，古龙已经不需要特意编故事了，就那几个人来回说些话。不靠故事，而渲染氛围和人物，已经让读者看得高兴。虽然有点可惜：到小说后半部分，读者才发现看似普通的人都不普通，最后还都是名门……但前半部分，确已到了大巧不工的境地，脱出武侠小说的窠臼。

之所以把《欢乐英雄》放在最后，是因为得看完前面提的那几部，再看《欢乐英雄》，才能了解妙处。

就像看完金庸之前的长篇，再来看《鹿鼎记》，才能有感觉。

就像看的武侠片越多，看《武林外传》，越能会心微笑。

1993 年的香港功夫片

1993 年，是为香港武侠片鼎盛之年。

而其伏笔，早在 1992 年埋下。

虽然香港市民热爱武侠小说，连带钟情于武侠片，但论武侠宗师，则金庸先生 1972 年写完《鹿鼎记》后封笔，古龙已于 1985 年逝世。

论武侠片，则胡金铨、楚原、张彻诸位早已拍过极优秀的制作了。

到 1990 年代，除了翻拍再翻拍，一时也找不到新意。

但张彻导演曾言："香港电影好在轻快，是所谓群众电影。"

于是一处风起，往往便风起云涌。

早先两年，香港流行赌片和帮派片。

1989 年，《赌神》成为票房冠军后，次年的潮流之作《赌圣》与《赌侠》，分列年度票房前两位：这就是香港的速度。

1991 年，李连杰主演《黄飞鸿》，年度票房第八，遂将黄飞鸿这个题材带热；同期周星驰《新精武门1991》年度票房第十一。电影界于是乎动了心：

——李连杰式的打片？有人看。

——周星驰式的喜剧功夫片？有搞头。

于是，1992年，香港票房年度第三四五名，都是周星驰的武侠喜剧片：两部《鹿鼎记》，一部《武状元苏乞儿》；票房第八，又是李连杰，《笑傲江湖之二：东方不败》，第十二名又是他的黄飞鸿——《黄飞鸿之二：男儿当自强》。

第十五名《新龙门客栈》。

武侠看着挺红？

行，来吧！

于是迎来了1993年。

1992年这几部热门武侠片，各有特色。

《鹿鼎记》原著鸿篇巨制，电影没法还原，所以大幅度修改。一部主打韦小宝克鳌拜，一部主打韦小宝对付吴三桂。其中剧情也大幅修改，更让原著中一本正经的天地会总舵主陈近南，在电影中说出了极嘲讽的"真相"："读过书明事理的人，找不到了。天地会只好用一些蠢一点的人；对付那些蠢人，就绝对不可以跟他们说真话……别人抢走我们的银两跟女人……"

周星驰扮演的韦小宝，立时就明白了："就是要夺回银两和女人，其他口号都是脱了裤子放屁，关人鸟事！"

《笑傲江湖之二：东方不败》，更是神来之笔的改编。本来原著里自宫的大反派东方不败，在此电影中一变而为大美女；林青霞扮演的东方不败豪气干云，李嘉欣的岳灵珊则一改原著小师妹的机灵形象，成了一个假小子。

影片更安排了李连杰版令狐冲与林青霞版东方不败的一段情愫，实在别出心裁。这段剧情设想过于神奇，以至于反客为主，成为经典；后来若干版电视剧，都照此推演。

当年甚至连新加坡电视剧《莲花争霸》，都将这段剧情借了去。

这大概便是那两年，改编金庸作品的方向：既然观众们对金庸原著已经熟透，那就旧瓶新酒，旧人新曲，另做文章呗。

1993 年，李连杰很忙：当然免不了还要扮黄飞鸿：《狮王争霸》与《黄飞鸿之铁鸡斗蜈蚣》，但还得演别的。

他拍了《方世玉》与《方世玉续集》，分别跟李嘉欣与郭霭明谈恋爱，妙在第二年《新少林五祖》结尾，扮演洪熙官的李连杰，还得听王晶扮的一个胖子自称："俺叫方世玉！"

再与杨紫琼合演《太极张三丰》，跟钱小豪对打；到年底，他的《倚天屠龙记》也上映了：这回，他得演张三丰的徒孙张无忌。

这一年，李连杰所演的武侠，也是风格各异，颇有代表性。

他与李嘉欣、胡慧中、赵文卓合作的第一部《方世玉》，主线是方世玉打擂雷老虎，反派是赵文卓扮演：这一部算是赵文卓在香港的第一作；这年稍后，赵文卓在《青蛇》里扮法海，大获成功；下一年，他还要成为新的黄飞鸿，去演《黄飞鸿之龙城歼霸》呢。

在《方世玉续集》中，李连杰周旋于郭蔼明与李嘉欣两位港姐美人之间，但最出彩的女角，是扮演方世玉母亲苗翠花的萧芳芳——两年后，她将演出生涯最佳作品《女人四十》。

话说，《方世玉续集》里，有多处模仿日本剑戟片的段落，包括末尾李连杰枫叶舞刀的场景。剧情则融汇了《书剑恩仇录》的故事：影片围绕红花会总舵主陈家洛这个经典角色大做文章，甚至还拉来饰演陈家洛极有名的演员郑少秋客串。

毕竟当时金庸作品全部连载完已垂二十年，观众熟悉得很。

金庸小说多是大部头，电视剧固然能一拍到底，电影却只能砍头去尾，所以电影作品但凡拍金庸题材，多是取其一端，或直接改编。

李连杰后来的《倚天屠龙记》，即是如此：黎姿扮演的险诈周芷若，邱淑贞扮演的活泼小昭，都与原著颇有不同。李连杰扮演的张无忌，也一改原著婆婆妈妈的个性，颇有枭雄气度。

张敏扮演的赵敏在电影结束前留下悬念，与张无忌大都再会，可惜没了续篇，让观众空等二十年。

《太极张三丰》，却是另一番格局：讲张三丰的年少故事，讲张三丰如何悟出太极以柔克刚的至理。

这部电影，袁和平的武术指导极尽精彩，蕴哲学于武技之中，于是，李连杰在电影中打得随心所欲、圆转如意，扮反派的钱小豪则刚愎自用，打法也霸道凶猛。二人性格在武打招式中视觉化地呈现出来，实在精彩绝伦。

有趣的是，第二年李连杰和钱小豪在《精武英雄》里对打，同样是袁和平的武术指导，钱小豪扮的霍廷恩已变为轻柔巧妙的霍家拳法，李连杰扮的陈真反而使出结合了西洋技巧的速度打法。

一年之间，风格倒转，叹为观止。

1993年，周星驰继续武侠喜剧——《唐伯虎点秋香》，年度票房第一。虽曰喜剧，但唐家霸王枪，他也算耍了个够。其中唐伯虎手舞霸王枪，口中发出李小龙式啸吼的段落，对自小崇奉李小龙的周星驰来说，这部电影也算一偿心愿。妙在最后婚礼点秋香的段落，周星驰施展了一些相当无厘头的招式——

"如来神掌"——那是致敬老电影《如来神掌》的；十一年后的《功夫》，周星驰要以如来神掌击败火云邪神。

"龟波气功"——那是致敬当时正走红的漫画《龙珠》，以至于他施展这个招式时，华太师两个儿子也念了"龙珠系"台词："他的战斗力高达好几百万哎！"

还是1993年，程小东与李惠民二位，将《笑傲江湖》系列的价值，榨到极限：前一年的《笑傲江湖之二：东方不败》如此卓越，以至于第三部直接叫《东方不败之风云再起》。

不必用李连杰的令狐冲了，单是林青霞的东方不败，搭配王祖贤的雪千寻，就足够有票房号召力。

少了李连杰，这部电影的打戏自然缺了些风味，但林青霞和王祖贤各自风姿绰约，外加张叔平与赵国信为本片制作的华丽服饰，已足以让观众目眩神迷。

值得一提的是，1994年的第13届香港电影金像奖的最佳服装造型奖提名作品，有两部出自张叔平之手：除了《东方不败之风云再起》，便是他与吴宝玲合作的《青蛇》了。

王祖贤刚合作完林青霞，又去和张曼玉搭戏；吴兴国在《诱僧》里刚与陈冲演完对手戏，再去扮演许仙流连于青蛇白蛇之间，真也是快节奏。

然而，最终第13届香港金像奖最佳服装造型设计，花落和田惠美与张新耀设计、于仁泰导演的《白发魔女传》，又是一部武侠名著改编之作：

林青霞扮完东方不败，又来演白发魔女练霓裳了。

这部电影说是武侠，但着重点也不在打戏，而在氛围塑造。大概于仁泰导演本身也不指望硬桥硬马吧？

那两年，林青霞的忙碌程度，不下李连杰。

1992年，她扮演东方不败大获成功，所以，1993年，她除了再演一次东方不败外，还拍了两部《白发魔女传》，大概大家都觉得她极适合演女魔头。

似乎也因为1992年的《新龙门客栈》，林青霞饰演的邱莫言男装表演出色，之后的1994年，她还要在《刀剑笑》里再次女扮男装，扮演男装的名剑。

1994年，林青霞在《东邪西毒》和《六指琴魔》里，都有帅气的男子扮相。从1992年开始，香港电影界达成共识：不让林青霞在武侠片里扮一个英姿飒爽的角色，那就太可惜了。

东方不败与雪千寻的故事，又是典出金庸小说，然而纯属虚构；反正林青霞版东方不败过于经典，观众都已觉得林青霞扮的东方不败才是正统了，她爱怎么折腾都对。

类似的，两部《白发魔女传》，也不太贴原著。后一部更像是续完梁羽生小说《白发魔女传》，给卓一航、练霓裳这对怨侣一个了结。

显然这时，香港电影拍摄金庸与梁羽生的小说作品，更多只是借一个大家熟悉的名字了。

1994年，《新少林五祖》里，刘松仁就出场扮了一次天地会总舵主陈近南：只因两年前，他与周星驰合作《鹿鼎记》时，也扮过陈近南，懂的观众，到此自然会心一笑。

大概就是在这种"借个名字当噱头"的风潮下，1994年才出现刘镇伟那狂欢搞笑的《东成西就》，以及王家卫那托名金庸，其实颇有古龙风味的《东邪西毒》。

这两部虽然都号称描述东邪西毒南帝北丐年轻时的故事，但前者疯狂搞笑，后者意味深长，全然不是一回事了。

1993年，还有两部金庸作品改编。黎明的《飞狐外传》倒还罢了，张海靖导演的《新碧血剑》就魔改得全然不同。袁承志与金蛇郎君称兄道弟，袁承志与阿九、何铁手、温青青谈多角恋情，其实主线倒是给了李修贤饰演的金蛇郎君：它又是一个"主角戏份过于冗长，挑一个经典配角做成电影吧"的案例。

1994年巩俐、林青霞、张敏主演的《天龙八部》，也是如此：选取了原著中天山童姥、李秋水这对宿敌，演绎她们的故事；以阿紫与虚竹作为线索人物，结尾更让阿紫成为新的天山童姥，也算是一种颠覆。

对那时的香港武侠片来说，武侠文化深入民间，所以武侠片也可以细化成不同题材。

武侠片多少总要有些打斗场面来凑凑样子的——哪怕文艺片风格如《东邪西毒》，也还是有几场打戏——但风格还是在急剧分化。

袁和平与李连杰联手，意味着一招一式打得好看。

于仁泰更像是借白发魔女的由头，描述他心目中的美丽光影。

王晶则借《倚天屠龙记》的故事，描绘了一个另类的张无忌。

林青霞的英气，张国荣的深邃，周星驰能将任何古典题材颠覆的能力，都被融进武侠这个类型里，创造出各具风格的作品。

　　这时，香港武侠片似乎有了无限多的可能性：可以归到动作片的类型，可以带出美国西部片的感觉，可以带有日本剑戟片的格调，可以变成喜剧片，也可以变成文艺片。

　　反正，借着金庸、古龙、梁羽生的原著，黄飞鸿、方世玉、洪熙官的传说，新一代导演讲述自己想讲的故事。

　　那是电影类型化累积、电影轻快风格到了极致的结果。

　　它固然有跟风热闹、题材重复之嫌，但那些年，也的确是华语武侠片的巅峰时刻。

　　而在故事设置上，到 1990 年代，武侠电影也进入这个流程：

　　金庸的小说，早已被各色电视剧与电影演绎过了，所以照实了拍，也没必要了。当时，许冠杰《笑傲江湖》就已经魔改过了，所以才有了后来李连杰版本《笑傲江湖》的大胆变革，终于变革出一个林青霞版东方不败。

　　那么：虚构、新编、摘取某个配角的经历来描述，已成习惯。

徐克让林青霞的东方不败反客为主，王晶让李连杰的张无忌英气内藏，《新碧血剑》重点讲述了金蛇郎君，《白发魔女传》第二部给了练霓裳一个归宿，《东邪西毒》里，黄药师与欧阳锋爱上了同一个女子……反正香港观众也能接受"这些是魔改"，所以就这样吧。

妙在金庸的武侠小说连载时，侠之大者的郭靖，排难解纷的张无忌，止战自尽的萧峰，多少都还是行侠仗义的大侠，不失儒侠气度。

但在1990年代香港武侠电影作品中，慷慨豪迈的大侠少了。

张无忌多了心机，令狐冲更想归隐，袁承志从武林盟主变成了一个捕快。

原著的金庸江湖，是大侠们行侠仗义的世界，而1990年代的香港武侠片里，更多是大侠们自己的冒险记录与个人传奇。

比起行侠仗义，主角更多在追求自我身份、追寻感情、追寻自我的融洽。

我猜，对1990年代的武侠观众来说，经典已成过往；正是在接受各色新编经典与亚文化的同时，找寻自我的时节。

对那个即将迎来巨大变化的香港来说，观众可能更在意大时代浪潮下，每个个体的命运吧？

周星驰的如来神掌

周星驰电影的独特之处，我认为是：以一个孩子异常认真的视角，打量成人世界，戳破成年人世界惯例的虚伪。用孩子般的视角、夸张到无逻辑的形势，来嘲弄成年人世界的荒诞。

他的电影里有许多人，都带着一点孩子气的初心。然而因为世俗之故，他们的人生不太顺利，包括但不限于包龙星小时候想当个好官而不得；尹天仇想当个好演员而不得；阿发的发明不太被认可；大力金刚腿和师弟们找不到工作。

最典型的还是《功夫》。影片中，周星驰饰演的阿星少年时满怀理想，决心维护世界和平，下决心摔碎存钱罐，去练如来神掌。

之后他以少敌多，大呼"放开那女孩"，去救哑女。黑白镜头下彩色的棒棒糖，是他理想中的侠义。他挨了打，发现受了骗，不再相信武功了。

之后他决心当个坏人，不停教导林子聪，发狠握拳："我要当坏人！"这话其实也是说给自己听的。

他去城寨勒索未遂，踩爆球欺负小孩，借理发讹钱，都是想当个合格的坏人，这样就不会受伤害了。

他找琛哥要个机会，"杀人这种念头我每天都有的"，之后去偷袭包租婆交投名状，也是想当个坏人。

可惜他当坏人都不成功，也就是抢了哑女的冰淇淋。当时他笑得歇斯底里，何尝不是自嘲——我们都知道，周星驰电影里夸张的大笑，都不是发自内心的，长笑当哭罢了。

后来他下狠心要杀人，见哑女亮出棒棒糖后，想起少年时的自己，显然为之震动。那时他大为失态，还让林子聪别跟着自己，独自落寞而行：其实是知道自己也哄不过自己了。

他把所有的钱交给林子聪，林子聪临走前小心翼翼分了他一瓶水。

他俩彼此都知道，阿星还是当不成坏人。

他坐下来，颓丧不已。

那时少年的记忆不断萦回，他才发现，自己曾经是想当个英雄的。

在不止一部电影里，周星驰会让庸碌浑噩、得过且过的小人物，发现自我，咬牙担当起来。比如著名的"我全都要"时刻，那段剧情众所周知：包龙星少年时对月发誓，想当一个好官；他当了九品官后昧杀良心，糊里糊涂，都被百姓当成油炸包大人了。但婚宴上智擒豹子头后，百姓一起夸他，之前唾吐他的小孩也送了他花，从此之后，他才真想当个好官。以至于为戚秦氏出头，百折不挠，终于成功。豹子头的"我全都要"是个关键时刻。

比如尹天仇跟张柏芝饰演的舞女柳飘飘过了一夜，醒来把所有积蓄都给了她，听柳飘飘说一声"谢了老板"，回头看一眼镜子里的自己。于是他奋然追出去，对柳飘飘大叫："我养你呀！"这些场合之所以自然而然，是周星驰这种"发现自我"的时刻，铺垫得好。

顺从"我全都要"和就此放走柳飘飘，都是选择懦弱。对抗"我全都要"和对柳飘飘喊"我养你呀"，是选择坚强。

《功夫》整部电影的美妙之处：一开始相信功夫的阿星，本来已被世俗折堕得不相信了。但误入城寨后，仿佛闯入一个童年武侠信念的主题乐园：他看到谭腿、铁线拳、八卦棍……

世上真的有高手吗？

他认识了天残地缺，包租公包租婆，"这就是狮吼功吗？谁人打的太极拳？"原来世上是真有功夫的——阿星少年时信奉的功夫。

然后便是，火云邪神出场。火云邪神出场极考究。先是天残地缺说，他过于痴武，进了精神病院。斧头帮派阿星去找他，当时场面极为恐怖，甚至阿星产生了《闪灵》里血海翻涌的幻觉，真让人觉得，拉开门，里面是一个怪物。

——却是个穿着汗衫十字拖的老头。

这是第一折。

琛哥一度不耐烦,问阿星有没有搞错;斧头帮还有小弟出来殴打火云邪神,打得他流鼻血。那时火云邪神像个疯老头,还招呼人家再打。接着火云邪神夺枪,表演了经典的"天下武功,无坚不破,唯快不破"。

这是第二折,忽然之间,他又有了绝代高手的范儿。

他翻身出场,霸道无比,与神雕侠侣对峙。"我只是想打死二位,或者被二位打死。"好武好杀的乖戾之气,愿赌服输的高手风范,齐全了。此时阿星在一旁,看火云邪神与包租公包租婆对峙。

包租公包租婆在决定与火云邪神为敌前,互相道了句:"自古正邪不两立,我不入地狱谁入地狱!"

此时镜头给到阿星。"我不入地狱谁入地狱",是他少年时决定维护世界和平的心底话。这句话和棒棒糖一起,击中了阿星。

但这时，他应该还没完全想好呢。

之后火云邪神大战包租公包租婆，本来要输，忽出阴招，双方相持。

这是火云邪神形象的第三折：

被小龙女一个狮吼功打伤，眼看要输时，他忽然不再"或者被二位打死"了——求饶了，偷袭了，意图反败为胜。卑鄙之极，高手风范全无。

这一路，是一点一点将火云邪神的邪恶姿态展露：血海狂魔——十字拖老头——"唯快不破"的高手——"打死两位或者被两位打死"的武痴——不择手段的无赖。

到最后这一幕，他之前闲云野鹤的高手风范都消退了。一个记仇的、残忍的、不择手段的邪恶大反派，完全显形了。

火云邪神先前的种种姿态，全都是造作。他输急了，才露出真面目。就这么记仇、残忍、邪恶、不择手段。之后他被琛哥吼一句，一掌直接打死了琛哥——之前可是被打多少拳，都

周星驰的如来神掌　　　　　　　　　　　　　　　　291

淡然处之呢。

不威胁到他时,他悠游自得;威胁到他时,他撒泼打滚,露出了真面目。装都不装了。

打一个不恰当的比方:《龙珠》里弗利萨也是如此。出场斯斯文文,说话用敬语,但随着情势变化,逐渐露出邪恶;到最后什么下三滥的手段都出来了——是为邪恶。

琛哥自己不上,却让阿星上,阿星此时要做个抉择了。他满口重复琛哥的吩咐,却一直犹豫不决。帮火云邪神,他就真成了坏人。但他真想当坏人吗?琛哥催他下手,催了许多次;阿星却不肯动手。终于被琛哥催到极限了,愤而回头一棍,再补一棍。

这里的一个细节:他打了琛哥,看到琛哥流了血,阿星自己愣了愣。他瞪大眼睛,嘴唇微开。大概他出手后才意识到:"我打了琛哥?我真的打了琛哥?"

之前他一直被琛哥呼来喝去,被吩咐去杀包租婆、去救火云邪神,到此被要求去打包租公和包租婆。他也的确在说服自己,要听斧头帮大哥的话,去当个坏人。

但在重见棒棒糖,在听到"我不入地狱谁入地狱"之后,童年记忆连带英雄梦,一起被唤醒了。他在挣扎之中,被琛哥一路逼迫,终于按捺不住,发怒打了琛哥,还是两棍。这一下爆发,大概连他自己都意外,所以才有发愣的瞬间。但也是这一下爆发,让他找到了自己。

阿星再回头,看着火云邪神。瞪眼,抿嘴,发狠。

没有疑惑了,断然出手,一棍打向火云邪神的头。

在他挥向火云邪神的这一刻,也包括被火云邪神打进地底,依然坚持再敲他一下脑袋的时刻,他是不是万中无一的奇才之类,已经不重要了。这一刻,他就是那个"我不入地狱,谁入地狱"的少年。

这是本片最重要的时刻。至于之后火云邪神大战阿星,已经算爽片了。

后来阿星激发了自身无穷潜力,重新相信了侠义,于是知道武功也不是传说,再回忆起了少年时的如来神掌,这是周星驰安排给每个还有侠客梦的少年，一份命运的奖品。

包括阿星打架时踩脚，被火云邪神嗤之以鼻："踩脚趾，小孩子的玩意儿！"之后被阿星踩了脚趾。

也包括那个童年记忆中五彩缤纷的、后来碎了又拼的棒棒糖，以及那少年时被骗了、最后却又被回忆起来，终于使出来的如来神掌，这些都是童年与信念的回报。电影最后，阿星终于想起来了童年的经历，一招如来神掌，火云邪神倒地。火云邪神喊认输，阿星放了他一马。火云邪神从坑里爬出来，偷袭阿星，阿星一招如来神掌击垮了楼。

当时火云邪神以为自己死定了，不料阿星故意打偏：出招时，眼睛还看着火云邪神。意思很明白：我可以，也有理由干掉你，但是我不。火云邪神呆住。阿星把他偷袭用的兵器，化作了玩具飞走了。化干戈为玉帛。火云邪神终于还是忍不住好奇，问："什么武功？"阿星云淡风轻地说："我教你啊。"火云邪神拜服了。

可以杀而不杀，两次放过他，是恕。化干戈为玉帛，把杀人工具当玩具，是赤子之心。"我教你啊"，以德报怨，是自信，也是忠厚。

打败对手就让对手服,是霸蛮之道。火云邪神只有在威胁不到自己时,才显得云淡风轻。一旦威胁到了——比如神雕侠侣眼看真要打死他了——他就不择手段。

但见到这样的武功与这样的襟怀,他最后一点扭曲的紧张,也放松下来了——心服口服。

阿星说话时,背后是阳光,温暖和煦。暴风雨无法逼迫你脱下外套,只会让你更加紧张,温柔的阳光才可以。

《功夫》上映时,周星驰 42 岁了。结尾画面里,依然是个孩子。曾经有那么多年,他不停地给我们呈现这些孩子气十足的梦。

虽然是孩子气的梦,但世上有过这样的梦,有人呈现过,多好。

┌───┐
│ **图书在版编目（CIP）数据**
│
│ 侠客的日常 / 张佳玮著. -- 上海：上海文艺出版社, 2023（2024.3重印）
│ ISBN 978-7-5321-8652-5
│ Ⅰ.①侠… Ⅱ.①张… Ⅲ.①随笔－作品集－中国－当代 Ⅳ.①I267.1
│ 中国国家版本馆CIP数据核字(2023)第145904号
└───┘

发 行 人：毕　胜
责任编辑：胡曦露
封面设计：千巨万工作室·任凌云

书　　名：侠客的日常
作　　者：张佳玮
出　　版：上海世纪出版集团　上海文艺出版社
地　　址：上海市闵行区号景路159弄A座2楼 201101
发　　行：上海文艺出版社发行中心
　　　　　上海市闵行区号景路159弄A座2楼206室 201101 www.ewen.co
印　　刷：上海盛通时代印刷有限公司
开　　本：889×1194 1/32
印　　张：9.625
插　　页：2
字　　数：175,000
印　　次：2023年8月第1版 2024年3月第2次印刷
ＩＳＢＮ：978-7-5321-8652-5/I.6812
定　　价：59.00元
告 读 者：如发现本书有质量问题请与印刷厂质量科联系　T:021-37910000